汤姆·斯威夫特和
极地之光接闪器

【英】维克多·阿普尔顿Ⅱ 文
燕锐锋 等图
刘庆双 等译

江西·南昌
江西科学技术出版社

图书在版编目（CIP）数据

汤姆·斯威夫特和极地之光接闪器/(英)维克多·阿普尔顿Ⅱ文；燕锐锋等图；刘庆双等译. -- 南昌：江西科学技术出版社，2018.3（2024.1重印）
（汤姆·斯威夫特丛书）
ISBN 978-7-5390-5893-1

Ⅰ.①汤… Ⅱ.①维… ②燕… ③刘… Ⅲ.①儿童故事–英国–现代 Ⅳ.①I561.85

中国版本图书馆CIP数据核字(2017)第050692号

国际互联网(Internet)地址：http://www.jxkjcbs.com
选题序号：KX2016065
责任编辑：饶春垚
特约编辑：姚 洋

汤姆·斯威夫特和极地之光接闪器
TANGMU SIWEIFUTE HE JIDIZHIGUANG JIESHANQI

〔英〕维克多·阿普尔顿Ⅱ 文；
燕锐锋 等图；刘庆双 等译

出版发行	江西科学技术出版社
社址	南昌市蓼洲街2号附1号
	邮编：330009 电话：（0791）86623491 86639342（传真）
印刷	三河市嵩川印刷有限公司
经销	各地新华书店
开本	700mm×1000mm 1/16
字数	114千字
印张	11
版次	2018年3月第1版 2024年1月第2次印刷
书号	ISBN 978-7-5390-5893-1
定价	39.00元

赣版权登字-03-2017-68
版权所有 翻印必究
（赣科版图书凡属印装错误，可向承印厂调换）

前言 QIANYAN

人总是离不开阅读，特别是在现代化信息时代，阅读无疑更是我们难求的一片宁静港湾，让我们有机会去感受、去体悟、去反思、去认证我们的这个世界和未来的世界。

科幻小说是一种起源于近代西方的文学体裁，在尊重科学结论的基础上进行合理设想后形成的文学作品，具备"逻辑自洽""科学元素""人文思考"三个要素。科幻小说与一般的传统小说不同，其特殊性在于它与科学技术的发展有着直接的联系，能让读者间接了解到科学原理。但它又是一种文艺创作，它扎根于社会现实，反映社会现实中的矛盾和问题，在科学技术发展的方向上，提供若干有参考价值的预见。有时，某些科学发明尚未出现，科幻小说里则已经进行生动的描绘，如潜水艇、机器人和宇宙航行等。

著名文学评论家布哈伊·哈桑曾说，科幻小说可能在哲学上是天真的，在道德上是简单的，在美学上是有些主观的，或粗糙的，但就它最好的方面而言，它似乎触及了人类集体梦想的神经中枢，解放出我们人类这具机器中深藏的某些幻想。

阅读科幻小说至少让我们有如下的感受：

一、文学的轻松愉悦

科幻小说的主题非常明显，它会涉及"未来"和"未知"、"科学"和"规律"、"生命"和"文明"、"生存"和"冒险"等等，每一本科幻小说都是一个全新的世界，每一次阅读都是一段全新、充满惊喜的精神旅程。

二、科学与严谨的想象

爱因斯坦说过，想象力比知识更重要，因为知识是有限的，而想象力概括着世界上的一切，推动着进步，并且是知识进化的源泉。通过阅读科幻小说，感悟其中的想象力，在人文、哲理的思索上，在思想道德意识的增强上所起到的作用是潜移默化的、是发散性的，其威力是不可估量的。

三、引发科学与理性的思考

科幻小说中的"科学方法"是一种有系统地寻求知识的程序，涉及"问题的认知与表述""观察与实验搜集证据""假说的构成与测试"。简单地说就是一个科学理论要经过观察、解释、预测、确认、评估、发表的程序，才能从一个假设发展成原理。科幻小说的"理性思考"就是遵从客观规律、进行逻辑分析的思考方式。

《汤姆·斯威夫特》系列曾是国外流行的科普小说，书中很多的科幻内容今天都已经变成了现实，它曾影响了几代读者，它伴随了很多人的成长。现以中文出版此书，相信书中的情节与科学，也会给中国读者带来同样的快乐体验。

目录 MULU

第一章　空间撞击…………………………………… 001

第二章　意外断电…………………………………… 010

第三章　青铜佛像…………………………………… 018

第四章　火星谜团…………………………………… 028

第五章　惊悚实验…………………………………… 037

第六章　藏红花现…………………………………… 047

第七章　毁灭女神…………………………………… 054

第八章　皇家欢迎…………………………………… 064

第九章　致命湖泊…………………………………… 072

第十章　空中表演…………………………………… 082

第十一章　驶入险境………………………………… 091

第十二章　猎虎行动………………………………… 099

第十三章　致命之刺………………………………… 107

第十四章　被劫卫星……………………………………116

第十五章　追赶火箭……………………………………125

第十六章　湖中怪物……………………………………133

第十七章　湖底之谜……………………………………140

第十八章　潜藏巢穴……………………………………147

第十九章　火箭栖息……………………………………155

第二十章　星球奖赏……………………………………164

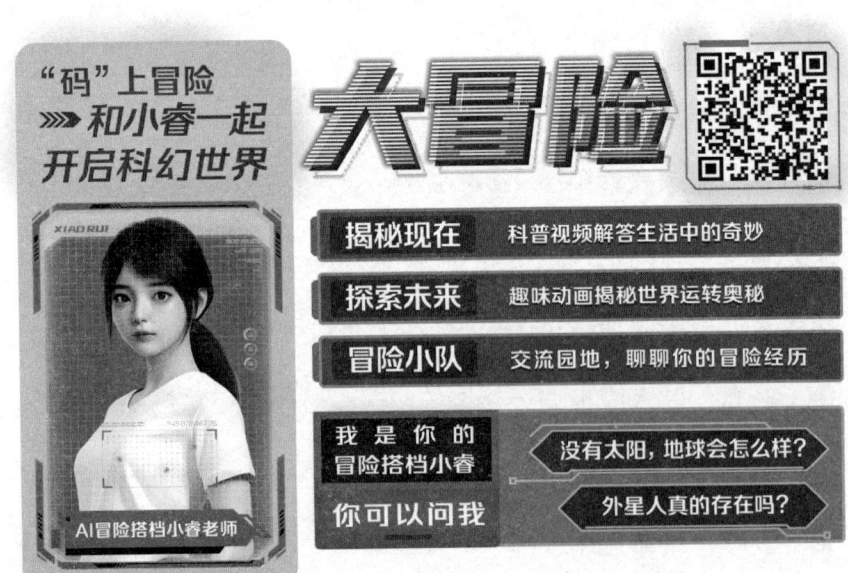

第一章　空间撞击

汤姆·斯威夫特太空站机翼的对讲机发出了嗡嗡声，就像一只发怒的大黄蜂。一个又高又瘦的年轻人从电子控制台上转身来接听电话："我是汤姆·斯威夫特。"

"一架不明飞船正在靠近！"对讲机那头传来了前哨站总指挥肯·霍顿激动的声音，"那架飞船要撞过来了！"

"你试着通过雷达盘问它了吗？"

"我们试过了，可是没有回应。"

身材强壮的巴德·巴克利看了一眼一脸惊讶的密友汤姆："发生什么事了，伙计？"

汤姆放下对讲机，转达了那个可怕的消息。紧接着，这个年轻的发明家快速地用一架小型光学望远镜瞄准肯所指的方向，对准了焦距。

"天呐！"汤姆轻声说道，"那家伙一定是失去控制了！

快看，巴德！"

一架奇形怪状的火箭船正朝他们猛冲过来。船体呈浅黄色，像长了尖尖的鼻子，尾翼高高直立。

汤姆飞向对讲机："发出全员警告，肯！集合中心所有人！"然后他和巴德穿过长长的瞭望台直奔中心舱。

太空站在地球上空35888千米远，环轨道绕行，形状像个巨型十二辐的车轮。汤姆把这个太空站设计成一个工厂，这样他的太阳能电池可以接收无任何屏蔽的太阳射线。

太空站的每个辐轮都有其独立的目的。一个用来做太空医疗研究，另一个是船员们的生活区，还有一个可以用来向地球传递无线电或电视广播。

船员们从外面每一个辐轮都集中到了船的中央区。大家吓得脸色发白，注视着电视监控器上那架一点一点靠近的神秘火箭船。

肯·霍顿发出了一声指令："检查所有舱门。一定要保证密封。如果那艘船撞上太空站，空气泄露的话，我们都会丧命！"

"你还在试图和它联系吗？"汤姆问道，扫了一眼在中央控制间的那个坐在霍顿身后的那个无线电技师。

肯表情冷冷地点了点头："皮特一直在通过各种频率发出呼叫，但是没有应答！"

汤姆说："船员们要么逃出去了，要么就是因为空间病昏倒了。"

另一个想法在汤姆脑海里闪过。那个奇怪的火箭船可能是机器人控制的！也许是某个敌人故意发射用来残忍地攻击太空站的！

"我们的流星斥力装置也许能帮上忙。"汤姆说道。这个发明能发出斥力光，可以用来抵挡一群群微小陨石。这种光不够强大，还未能抵挡一架以流星陨落速度袭来的宇宙飞船，但是它可能会降低撞击的强度。

没有时间穿宇航服了。监控器屏幕上的那个猛冲过来的飞船越来越近了。再有几秒钟就要撞上太空站了！

"大家快做好准备！"汤姆大喊道。

飞船瞬间调转了方向，紧接着又一次朝太空站扎过来。随着一声金属破裂的震耳欲聋的声响，那艘火箭飞船撞上了飞船的轮子边缘，从中间穿了过去！飞船飞快地旋转起来，把船员们像玩偶一样抛掷空中。受惊的船员们受离心力的推动，一个个扁扁地贴在了太空船的舱壁上。

汤姆爬向主控板。因为先前的一次不幸，太空船的轮子上面装上了小型反作用喷气装置。他拼尽全身力气启动了好几个，才使得轮子慢慢停了下来。

"皮特，快呼叫费林岛！"汤姆命令道。

话筒坏了，显然是撞击造成的。但是汤姆怒气冲冲地检查几分钟之后，解决了麻烦，能和斯威夫特火箭基地通话了。他

指令追踪那艘不明火箭船，同时命令他自己的飞船——挑战者号立即飞到太空站。

"遵命，船长！"基地话务员回答道。

当两名医师给几个船员进行急救时，汤姆和霍顿检查了受损情况。三个辐条已经碎掉，需要一直封锁。其中一个是太空瞭望台。

"真不走运。"霍顿一脸沮丧，"我们本可以通过望远镜发现那艘船。我们的雷达也被击中了，所以太空站基本上成了睁眼瞎。"

汤姆苦笑着对巴德说："我做实验的时间到了。"这时，从费林岛来的两个男孩儿已经乘坐常规运载火箭抵达了空间站。汤姆在太空环境下检测了一个新的静电场装置。

"你能用这么点时间学到什么东西吗？"巴德问这个年轻的发明家。

汤姆耸耸肩："嗯，学到一点儿。我正在用这个新玩意作为滤波器或天线，捕捉单独一条来自某些恒星的波长，这样我就可以研究红移现象了。"

"红移？"巴德直眨眼睛，"是什么？一种新式足球踢法吗？"

汤姆轻声笑了起来："不，是一种波长的变化，它能告诉我们一颗恒星的运动是离太阳越来越近还是越来越远。"

在挑战者号抵达太空站的一小时里，汤姆一直在和受伤的船员们谈话。汤姆曾驾驶过这艘巨大的飞船赶超过俄罗斯登月宇航员。它看上去就像是一个绑在环形轨道上的巨大银块。轨道是用来托住飞船的斥力光线的辐射器，以便在一个特定方向上驱动挑战者号飞船。

这时，修复人员已经把汤姆的静电场装置从辐条上取回来，安装在了挑战者号上。汤姆和巴德穿上宇航服，登上了飞船。

驾驶舱里的汉克·斯特林向汤姆他们打了招呼。他长相粗犷，是斯威夫特企业里的首席工程师和故障检修员。

"机长，发现什么线索了吗？"

汤姆摇摇头："一片茫然，汉克！但这绝不是一次偶然事件。"

就在汤姆接管控制台时，元素选择器面盘上的指示灯闪了起来。飞船的斥力装置发射出一道斥力光线，向外投射到地球和月球上，同时挑战者号被这种反作用力推动着向前。和平时一样，巴德还是副驾驶员。他是飞行员，和汤姆一样也是十八岁。

"让挑战者号驶向费林。"汤姆站在控制台旁喊道，"把火箭船最新信息给我。"

"不好！"乔治·迪林是斯威夫特的无线电机务长，报告说，"飞船在西面轨道运行，十分不规律。我们与太平洋追踪站失去联系。但根据电脑显示，火箭船正在降落，可能于亚洲某处着陆。"

"好，让所有站点保持警惕。"

汤姆驾驶挑战者号，降落至海拔16000多千米处，以流星陨落的速度在太平洋和亚洲高空行驶。其他人员通过雷达、电视和汤姆的百万巨视太空探测器保持严密警觉。但是没有一丝出现神秘火箭船的迹象。

最终他们驶上归程，向费林岛飞去。大西洋海岸这一带原本是一片荒原，只有沙丘和灌木丛。如今成为高度戒备的火箭发射区和工作车间建筑群，油轮和潜水艇在岛上的码头停泊。

到达费林岛后，宇航员下船，再乘坐飞船飞到陆上斯威夫特企业，临近肖普顿镇。这个试验站的占地约有10平方千米，汤姆·斯威夫特的爸爸是个科学家，就在这里面研究各种奇思妙想的发明。

老汤姆身材消瘦，眼睛炯炯有神，灰白的短发，体格像运动员。他在主楼宽敞的共用办公室里听儿子的汇报。

"火箭船是不是在大气中燃烧起来了？"斯威夫特先生问道。

"有可能，但也可能降落在亚洲某个地方。"

斯威夫特先生皱起眉头，陷入沉思："好，汤姆，认真检查一下。另外，我明天早上必须到W城去开一个紧急会议。"

"关于什么的会议啊，爸爸？"汤姆急切地问道。

这位老科学家回答说会议有关国家航天局之前发送到火星轨道的探测火箭，除此之外，也没有多说。斯威夫特又补充道："我去了以后，想让你来接手我的课堂，给最近一批学生工程师讲课。"

"好的，爸爸。但我不知道自己能不能做好老师。"

"我肯定你会让你的学生对你的课产生兴趣的。"斯威夫特先生眼里闪着光回答，"即使你并不会说威士那普尔语。"

斯威夫特公司最近才开始进行小规模对外援助项目。来自新兴国家和发展中国家能力出众的年轻科学家正在接受有关先进研究技巧的培训。现在这组人员来自威士那普尔，一个位于H国北部的小邦，在喜马拉雅山脉脚下。

第二天，汤姆准备在玻璃幕墙围绕的私人实验室进行他的课堂展示。巴克利在一旁，看着这个年轻的发明家组装好装备。

"要给他们展示这个新的静电场装置吗？"巴德问道。

汤姆咧开嘴笑起来，点了点头。

这时门突然被推开了，男孩们转过身来。公司里高大魁梧的安保主任哈伦·艾姆斯手里握着一张纸，快步流星地走上前。

"汤姆！"他说，"快看这个！"

汤姆快速扫视了一眼,上面的内容是手写印刷体。

友情提醒:为了你们的安危,提防来自威士那普尔的学生工程师们,其中一人是间谍和叛徒!

第二章 意外断电

"这个警告是邮寄过来的吗,哈伦?"

"是的,汤姆,邮戳是X城市盖的。"

"那你与在W城的威士那普尔的代表核实了吗?"汤姆又问。

安保主任点点头:"官方那边也收到了相似提醒。那个代表也感觉不安,似乎他认为这个提醒有一定依据,因为威士那普尔现在处在国内政局动荡时期。"

汤姆想到,也许这也是统领的儿子——贾汉王子要带领一行学生工程师来A国接受培训的一个原因所在。在他们身上,都寄予着促进国家现代化和提高生活水平的希望。

巴德问:"在被企业集团录取前,有没有对他们进行过调查审核?"

"已经调查得很彻底了。"艾姆斯回答,"威士那普尔位于喜马拉雅山脉深处,几乎不准许我国进入。我们的国务院对每个学生都做了简要情况报告,但很大程度上还是听威士那普尔官方所言,他们都没有问题。"

汤姆一脸心事重重的样子:"哈伦,我们不能冒进行事。如果把整个队伍的人都视为不可靠分子,特别是其中一个是王公之子,会破坏两国的友好关系。我们先深入调查以后再说吧。"

"但万一其中一个人真的是间谍怎么办?"

"我们观望一下也无妨,他造成不了多大伤害的。"汤姆指出,"他们已经有了几周在工厂自由活动的权利,我只要继续课堂展示,我也不会向他们透漏任何重大秘密。"

汤姆还表示,艾姆斯应该时刻监视那群学生工程师的行踪。"火箭船有什么线索了吗?"他又问。

"还没有。"艾姆斯说,"凡有空间项目的国家都否认那是他们的飞船。"

很快,从威士那普尔来的受培训者们依次来到了汤姆的实验室里。贾汉王子走在前面,最先进去,其他人毕恭毕敬地尾随而入。

他们都身穿西式便裤和便服上装,除了王子,其他人都没戴帽子。王子现身,都一贯头戴白色包头巾,镶嵌着一颗硕大的星蓝石以表明自己的皇室地位。

"双手合十!"他们微笑地看着汤姆和巴德,以一贯的手势表达问候——微低下头、双手合十、指尖朝上。

这八名学生大多都面似典型而英俊的H国人,橄榄色的面容，黝黑的头发和闪亮又洁白的牙齿。其中几个有着杏仁色的眼睛。

汤姆站在中央工作台旁，向大家说明他的父亲无法到场："我想你们可能愿意看看我最近正在做的一些实验。"

汤姆面前的工作台上立着一个装置。装置底部是圆形的塑料，两根黄铜棒向上直立，支持着两个相对的石英晶体球。球上一圈圈缠满了线圈。位置较低的线圈通过多个接点与外部空间连接。一根粗粗的电线从底部与一个便携式电子操作台连接。

"哇！能有幸见识到大名鼎鼎的小汤姆·斯威夫特的最新发明肯定会收获颇丰啊！"拉克西这样大赞道，他是一个头发茂密的学生。

"这个发明还没有成型。"汤姆说，"我只是暂时装配起来，用它进行电磁辐射的实验。"他解释道，他制造的这个设备是用来控制和改变电场的形状。

"它是用我改进百万巨视太空探测器中使用的抗反转方形波的办法完成的。"汤姆说道，"这个办法能让光束向外辐射时，不会朝着四面八方，而是将其集中成信号强度恒定的一束。"

"现在，我开始演示。"汤姆说。

房间四周放置着数个验电器。这一个个金属罐里面装着一根金属棒，从硫黄塞中穿过。罐子里的每根棒上端带一个金属

球,下端悬着两片薄薄的金箔片。

汤姆拿着一根一端带着金属球的塑料棒,把它与高压电极相接触后让金属球带上了电荷。

"你们肯定都知道我把这个靠近验电器后会发生什么事。"他说。

汤姆拿着塑料棒,依次靠近每个验电器。当金箔片带上相同电荷而相互排斥,所有的金箔一个个都张开了。

"大家能看到,金属球必须离验电器距离很近,因为它的电场非常弱。但是,看看当我把金属球放在我的扭曲场中会发生什么?"

汤姆将晶体球分开,把金属球放了进去。然后快速扭起了控制台上的几个调谐钮。当他集中对准每个验电器时,金箔片张开了!

"真神奇!"贾汉王子低声地说,"你的装置能在十米范围内集中和传送金属球的静电场。"

"对,如果有更强大的机器的话,这个范围几乎能达到无限远。"汤姆说。他正在展示的是他带到空间站的模型。内球中包含氦气、氖气和氩气的混合气体,并经过银色金属条镀层。汤姆扭动开关后,气体呈现出蓝红色的光芒。

"这个模型可以产生自己的电场,所以没有必要再插入一个带电物体。这个内球体可以围绕任何轴旋转,也不需要我手动锁定目标。"

汤姆把电场转化成抛物面状向大家解释，同时借助于电场能反射静电辐射的能力以及可作天线的作用。

这个年轻的科学家打开便携式电视向学生进一步解释。他把装置调到适当频率，电视立即黑屏了。汤姆关掉装置，电视图像又清晰如故了。

一个学生大声提问道："电场吸收了整个图片信号，导致电视天线接受不到任何信号，是这样吗？"

"说得对。"汤姆说，"下面进行一个更有趣的实验。大家都知道，白光是由所有颜色的光组成的，红色、黄色、绿色、蓝色和紫色。我要调节电场，让它捕捉到绿光频率的光波，大家看头顶的光会发生什么情况。"

每个人都目不转睛地盯着上方。光线开始变暗，呈现红色和紫色。

突然，所有的光消失不见！连透过窗户的日光都消退了。房间立刻陷入一片漆黑，只有内球体中透着一丝光亮！

"嗨！"巴德大喊，"怎么回事？"

工厂上下响彻着警报器刺耳的鸣响。

房间里充满了绝缘体烧焦的气味，汤姆赶忙奋不顾身地处理了失误造成的麻烦。

灯光终于又照亮了整个房间。

"恐怕是我的实验失败了。这个电场没有捕捉单一波长的光，却吸收了整个光谱的光，所有的可见光。"

"这样就能让整个工厂上下都停电呐?"拉克西问道,露出傲慢的笑容。

"对,我的设备吸收能量太多,烧坏了控制电路。"汤姆很诚实地回答。然后,他走出去接一个电话。

艾姆斯从公司的安全部打来电话,询问情况。汤姆解释了一番,艾姆斯轻轻笑了起来。

"也许国防部可以把这个东西用在空袭的灯火管制上,船长。"

"很风趣。你最好在有线广播里发布一个声明,告知大家一切正常。哈伦。"

这个年轻的科学家检查了静电场装置,发现问题出在激光驱动的振荡电路上。

"我得加强调谐的选择性。"他向大家说明道,"那现在下课吧!"

贾汉王子彬彬有礼地说:"我们向你表示感谢,汤姆,谢谢你让我们有亲眼看见一个年轻科学家工作的机会。请不要觉得自己的展示是个失败。"

"就算这……嗯……是个意外事故,但也十分有趣。"一个叫琼的学生补充道。

威士那普尔人依次走出去后,巴德拍了拍密友的背:"如果我没猜错,汤姆·斯威夫特最终一定会做出一个比现在好上一倍的东西。"

年轻的发明家开始在一边认真拆卸他的电场装置,巴德在一边静静观看。

没过多久,敲门声响起。两个漂亮的女孩走进了实验室。

"哇,桑迪和菲利斯!"巴德激动起来。

桑迪·斯威夫特是汤姆的妹妹,十七岁,也是巴德最喜欢的约会对象。她的同伴是菲利斯·牛顿,斯威夫特工程公司经理奈德·牛顿的女儿,皮肤浅黑,有一双棕色而明亮的眼睛。

"门卫告诉我们刚才这里有点漆黑呐。"桑迪取笑道。

汤姆矜持地露齿一笑。两个女孩走进来时,他们听到一声尖叫,吓了一跳。

"是你们发出的声音吗?"巴德问她们。他的声音发出奇怪的回响。

"不是,是……是我的手提包!"菲利斯惊讶地说。她从里面拿出一个小晶体管收音机。"哦,我忘记把它关掉了。"

她的声音也同样带一种回声——回声从收音机里发出来的!它暂时阻挡了尖叫声。

"哎呀,你在随时随地广播啊,菲利斯!"桑迪笑着说。

汤姆已经理清了谜团。"你知道这意味着什么吗?"他说,眼睛将实验室四周扫视了一遍。

"意味着什么?"巴德困惑不解地问道。

"这里藏着一个无线电发射机。"

这时桑迪向窗户瞥去。她的眼睛睁得很大。"快看!"她大叫起来。

第三章　青铜佛像

一列奇怪的队伍昂首阔步地向实验室楼靠近。这群生物脑袋硕大,奇形怪状,穿着有红有黄有黑的花哨衣服。

"他们快进来了!"菲利斯喘了口气说。

很快,汤姆、桑迪、巴德和菲利斯听到门上雷声隆隆的敲击声。然后,门突然被推开,冲进来一群可怕的人,鸣笛的、敲鼓的、击钹的。嘈杂的喧闹声不断,一直到人们开始在房间里蹦蹦跳跳,欢呼雀跃。

突然,桑迪咯咯一笑:"这是个假面舞会。"

其中几个人物头戴龇牙咧嘴、怒目圆睁的魔鬼面具,上面都盖着一圈头盖骨样的小骨头。还有的顶着鹿头,犄角上挂着盛开的花朵。还有两个是大头小丑,一个是白脸女人,一个是大胡须的蓝脸男人。

这场疯狂的舞蹈好不容易停了下来,人们都摘下自己的面具。汤姆和同伴们一起鼓掌喝彩。这些气喘吁吁、笑容满面的假面舞会表演者原来是来自威士那普尔的贾汉王子和其他学生!

第三章 青铜佛像

"太棒了!"舞蹈演员们在鞠躬,汤姆在一旁大声喝彩道。

"这是我这么多年来看到的最令人激动的舞蹈了。"桑迪大声说。

"那我们所尽的绵薄之力就得到最好的回报了。"贾汉带着几分威严庄重地说。

"你如果不介意,我能问你一下你们为什么这样做吗?"巴德插嘴道。

年轻的王子轻声笑了:"我们在提前庆祝法王节。"

这群A国人对此感兴趣,菲利斯问:"法王是什么,是个人,还是个东西?"

"威士那普尔最高的山峰。"贾汉回答,"法王这个名字在许多方言中指'国王',每年我们都举行这个活动来纪念神灵和山灵。"

贾汉解释道,思乡心切的学生们因为节日临近时,他们却身在异乡,远离威士那普尔,所以把服装带到了A国。"现在离节日还有两周。"他补充说,"但是我们希望能提前预演一下,让我们年轻的教授开心开心。"

"另外,"拉克西笑着说,"这些神灵也应该尊重一个能将日光遮蔽的科学家,这不是也不错嘛?"

汤姆很有教养地回应了这个玩笑,还问道这些面具都表达什么意思。这群年轻人告诉他，鹿代表一个转世轮回的佛。魔鬼的首领叫摩诃迦利，面部乌黑。他和他的军团长想要多恐怖有多恐怖，这样做有助于观众克服对死亡的恐惧。

"这个蓝脸的男人和白脸的小丑。"贾汉王子补充道，"是真的阿阇黎，就是智者。他们负责逗乐魔鬼，直到正义神灵能打败魔鬼为止。"

桑迪和菲利斯已经和贾汉王子熟识，接着汤姆又介绍了几个学生。从他们投去赞赏万分的一瞥这一点，可以看出，来自威士那普尔的工程师们都认为这两个漂亮的女孩非常有吸引力。拉克西与桑迪交谈时，巴德在一旁愁眉不展。

"这人让人浑身起鸡皮疙瘩！"巴德小声对汤姆说，"他有什么企图？"

汤姆悄声地笑了。

"你们国家几乎算是H国的一部分。"菲利斯对贾汉王子说道，"但是那些面具不是H国的，是不是？"

"一点没错，牛顿小姐。威士那普尔里各种人群混杂。许多人，包括我都是H国人。但其他人，比如我的朋友琼，"贾汉所指是一个高颧骨的学生，"但是大家都庆祝法王节。"

在大家要离开之前，贾汉王子邀请四个青年去他的公寓参加晚宴，还承允大家宴席里有来自故乡的特色菜品。

"听起来不错。"汤姆说。巴德和女孩们也都兴高采烈地接受了宴请。

学生们离开之后,汤姆环顾房间四周:"现在开始找窃听器吧。"

"你是说隐藏的晶体管收音机吗?"桑迪问。

汤姆点点头,"幸好你没有关掉你的收音机,菲利斯,更幸运的是它也在这个频率上。否则,我根本察觉不到这个地方已经被窃听了。"

菲利斯又拿出收音机,疑惑不解地看着。"调谐盘上没有电台。"她小声说,"肯定是在包里放着时旋钮变动了。"

"这一点不稀奇,看看你们女孩子塞得满满当当的钱包就知道了。"巴德开玩笑说。

"把它再打开一次,菲利斯。"汤姆说,"然后在实验室里走一圈。信号的音量变化能帮我们找到晶体管收音机。"

菲利斯还没有开始做,一个低沉的叫声让他们惊讶不已:

"救命啊……救救我……"

"天呐!"桑迪紧张地笑了一声,说道,"不要告诉我你们这儿还藏了一个坏蛋,汤姆!"

呼救声不断传来,似乎还带着空洞和微弱的回响。

"是从空调风道里传过来的。"巴德说。

"好像是乔的声音!"汤姆把头靠近排气百叶窗后补充了一句。

男孩们从实验室飞奔出去,跑过走廊,跑进斯威夫特家的私人厨房。这里是乔·温克勒的私人领域。他之前是炊事车的厨师。汤姆和他的爸爸在Ａ国西南部展开原子研究的路途中遇上了他。斯威夫特父子就说服乔成为公司以及旅途中的私人厨师。

男孩们快到清洁工的储藏室时,听到里面传来阵阵奇怪的噪音,他们猛然停下了脚步。门是锁着的,汤姆用万能钥匙开门后,打开了灯。巴德突然发出一串笑声。

乔的下半身从储藏室后墙的洞孔里突了出来。厨师肥胖的身体一直扭来扭去,两只脚不停地乱蹬。

"看在上帝的份上,乔,你把头伸进风道里干什么?"汤姆大声问道。

"别问为什么了,头儿!快救我出去,不然一会儿我会全身发紫。"

汤姆和巴德一人拽一条腿,身体靠着储藏室的墙壁,开始猛拉。费了好大一番力气后,扑通一声!乔·温克勒又矮又胖的身体从风道里弹了出来。拉着他的腿的汤姆和巴德向后倾倒过去。汤姆撞上了几箱洗涤剂,巴德撞了一把挂在墙壁上的拖把。拖把摇摇晃晃,打翻了一个装满肥皂、水桶和地板蜡的架子。

这个架子摇摇欲坠,像一场雪崩一样,上面堆放的东西纷纷倒了下来。乔正好倒在两个男孩的身上,这时一个水桶不偏

第三章 青銅佛像

不倚地砸在他的头上。

"快起来，笨蛋！"巴德怒骂。

"饶了我吧！"乔带着快窒息的声音反驳道。两个男孩使劲推着他，他努力站直了身体，终于推开了水桶。

厨师气喘吁吁，满脸通红。他的秃顶已经冒出了汗，闪着亮光。汤姆和巴德不由自主地想笑，但是，跟着他们上来的女孩们看到这个情景，说了些让人宽心的话。

"你是怎么把自己陷入这样的窘境的？"汤姆问。

这个事件其实是由汤姆导致的突然断电引起的。之前伸手不见五指时，乔正在找东西，跌跌撞撞走进了储藏室，门却突然关上了，还自动锁上了。乔被困住后，想起之前在储藏室的后墙上看到过一个检查孔。他本想从风管里钻出去，钻到毗邻的通风口，但是却卡在了里头。

"我真是太笨了，我不该扭来扭去，想舒服一点。"这个厨师坦白地说，"最后我只能呼救了。"

这群年轻人又回到实验室。四处移动菲利斯的收音机，听它的声响是变高还是变低，汤姆就这样很快找到了"窃听器"。一个两厘米见方的小发射机就固定在金属墙的支架上，这个支架就是它的天线。

"可能是一个学生在你做课堂展示时把它装在这里的。"巴德说，"这就说明那群人中有一个间谍！有了这个装置，他能收听到你实验室里讨论的任何科学秘密。"

第三章 青铜佛像

汤姆眉毛紧锁，陷入沉思。"据我们目前所知，一个公司里的员工之前就将这个窃听器装在这里的……好，我还是把这个发射机交给艾姆斯，看他会得出什么结果吧！"

那天晚上，汤姆、巴德和女孩们如约赴宴，和贾汉王子一起吃饭。其他学生在当地的汽车旅馆住宿。但贾汉王子的国王父亲要求他出于自己的皇室身份必须和其他人分开住宿。

王子十分享受刚刚在A国接触到的自由，他自己下厨准备晚宴。饭菜先上的是全麦烙饼，也叫薄饼。之后是烤羊肉串，是一种香料很重的羊肉咖喱，加上肉饭和两种蔬菜——薄荷味的茄子和炒秋葵。

甜点名叫劳萨高拉。含有在糖里浸泡过的一块块的凝乳，上面浇上一层厚厚的、藏红花口味的糖浆。

"嗯！真好吃！"桑迪激动地说。

其他人都一致同意，巴德说："王子殿下，您真的挺会做饭的！"

王子脸上堆满笑容："请不要叫我王子殿下，叫我贾汉就好。被父亲发现我做饭，他一定会气坏的，但是烹饪一直是我的一个爱好。"

晚宴快结束时，贾汉说："现在，我想把威士那普尔带来的小纪念品送给两位小姐。"

他走向书架，打开一个包裹。拿出的是一尊青铜小佛像，这使贾汉一脸不解。"奇怪,我从进口店里订的东西不是这个。"他小声说,"哦,嗯……没关系。"

现在他又把另外两个小雕像上的包装取了下来。这是两只象牙雕刻出的大象,经过上釉,呈现绚丽色彩。每只大象都背着一个黄铜象桥。

"真漂亮啊!"桑迪和菲利斯一边接过礼物,一边赞不绝口。

"这些都是香炉。"贾汉解释说。

这时,门铃大声响了起来,公寓正门口有人到访。贾汉询问后,按了遥控开门器让访客进来。

"是安保部门的艾姆斯先生,汤姆。"王子说,带着几分疑惑。

汤姆也感到不解,对这个意外到访很困惑。不一会儿,艾姆斯进来了,还有一个身材高大、着装正式、肤色稍黑的人。

"很抱歉这么突然打扰你们。"艾姆斯说,"但是,威士那普尔在A国的代表帕蒂尔·拉姆收到一些令人担忧的信息,想要汇报给大家。"

拉姆先生僵直地向贾汉鞠了一躬:"王子殿下,门外有警察在待命。我们有搜查令,要对您的公寓进行搜查。"

听到拉姆先生说明王子有间谍和叛徒的嫌疑,汤姆、巴德和女孩们目瞪口呆,十分惊讶。贾汉怒气冲冲,正要反抗,艾姆斯的眼睛扫过整个房间。他径直走向青铜佛像,拿起来后

从底座的洞里翻出了一个卷起来的纸条。

艾姆斯仔细审视这个纸条,平静地说:"这就是我们要找的证据。"

第四章 火星谜团

"这到底是怎么回事？"汤姆想要知道答案。

"你还是自己看看吧。"艾姆斯回答。

他仓促地向威士那普尔的官员介绍了斯威夫特父子和朋友们，然后把纸条递给了汤姆。上面印着：

贾汉王子，从斯威夫特公司窃来的科学数据已经高价卖给外国机构。这笔钱购买的武器有助于我们推翻您父亲拉詹的统治，有助于我们立您为王。请告知我们开始起义的日期。

汤姆皱着眉头看完这些话后，艾姆斯将其递给了拉姆先生。

贾汉眼睛里泛着光，"让我看看！"

拉姆先生让他看了看。"荒谬！"贾汉激动地大喊。他把纸上的信息又大声读给巴德和女孩们听，又说："根本不会有密谋者送来这样的罪证！"

"我觉得也是，这纸条写得很愚蠢。"汤姆说，"如果贾汉王子有罪，他应该已经知道这些武器用来干什么。"

艾姆斯点点头："你说的有道理。"

"拉姆先生是怎么接到秘密通知的？"

警官解释说他在W城接到一通神秘电话。通话人不愿透露姓名，但是承诺如果拉姆先生能立即到X城一趟就提供一条重要线索。

"追踪那个电话了吗？"汤姆问。

"追踪了，从X城的一个公共电话亭打的。"艾姆斯说。

"我立即飞向X城。"拉姆先生继续说着，"一条消息在机场等我。我下了飞机，消息说贾汉王子和同行学生频繁在某一家进口商店买食物和其他东西，并且，其中有一个人从中接收隐藏在购买的东西里的秘密信息。"

"那个商店在X城吗？"汤姆问。

"是的。"拉姆先生说了地址，"在机场收到的消息还说留意一个小青铜佛像。"

拉姆先生说他去了那个商店。店主查找了销售记录，找出青铜佛像是最近被贾汉订购买走。

"但这却能证明贾汉王子是无辜的！"桑迪说了一句，"我们都知道，他自己也没想到买来的是青铜佛像。"她说王子发现包裹里的佛像也十分吃惊。菲利斯和巴德也支持她的话。

"也可能是假装吃惊的把戏吧。"

"那这上面使用的语言怎么解释呢？"汤姆插了一句，"威士那普尔的密谋者会给一个和自己来自同一个国家的间谍用英语写消息吗?"

拉姆先生耸了耸肩:"可能,威士那普尔境内有各种语言,所以英语也作为一种常见语言得到普遍运用,就像在H国一样。"

"我还是觉得这个消息不太真实。"汤姆据理力争,"它没有给出具体切实的消息,还指名是呈给贾汉王子。若信息落入敌手,这点必能致命,导致信息泄露。并且里面还写明了他们密谋推翻拉詹这一事实。显然是一些敌对势力企图陷害贾汉王子!"

艾姆斯和官员们都对汤姆的合理分析表示佩服。拉姆先生却认为王子应该在威士那普尔接受审判。

"这可能正中密谋者的下怀。"艾姆斯说,"这样做会动摇人民对皇室家族的信任,削弱整个政府。"

"一点没错。"汤姆表示同意,"我觉得信息就是在A国境内伪造的。如果一个同学参与了这个阴谋,我们也许能把这个人抓出来。请不要贸然采取行动,先等等看。"

拉姆眉头紧皱,看着不开心:"王公十分严厉。如果贾汉王子有罪,我让他逃脱了,我就会被严惩的。"

"那现在就软禁他。"汤姆建议,"安排一个警卫站岗。"

拉姆先生犹豫了一下。"好吧,我等几天再说。"他看向贾汉王子,又说,"我必须命令王子殿下不能离开公寓半步。

第四章 火星谜团

我会安排人给您送食物和其他需要用的东西。"

贾汉草草地点了点头，又和汤姆热烈地击了手掌，高兴地看着桑迪、菲利斯和巴德："谢谢，朋友们，谢谢你们相信我。有你们在我身边，我很幸运。"

之后，汤姆和巴德开车把女孩们送回了家。菲利斯问年轻的科学家："要抓到学生工程师里的间谍你有什么计划吗？"

"那个窃听器能帮到我们。"汤姆回答。他解释道，因为广播范围只有几百米，所以必须在实验室周围安装一个中继器或者中断发射机。"艾姆斯已经用收音机探测装置将地面全部探测了一遍，但还没有发现任何东西。"

"一直都有人在监视着吗？"

"嗯，时时刻刻，不分昼夜。说实话，我觉得今晚我要在工厂过夜，以防有什么事情发生。你想和我一起吗，巴德？"

汤姆的实验室旁是一个小型公寓。年轻的发明家常常在熬夜工作时睡在这里。和女孩们道晚安后，汤姆和巴德开车去公寓睡觉。这里已经安装了一个警报蜂鸣器，一旦有可疑活动，就会响起警戒信号。然而，这个夜晚平静地过去了，没有任何意外。

次日，斯威夫特先生从W城飞了回来。巴德在工厂的机场接到他，然后立即载向汤姆的实验室。

"会议比我想象的更有意思，儿子。"年长的科学家像在做报告似的。

"是关于什么的，爸爸？"汤姆问。

"今天中午新闻里会播报。火星探测火箭出了点差错。它对无线电信号不产生任何反应，只有这个信号才能让它回到地球。"

汤姆和巴德感到很惊讶，因为他们知道火箭的电子齿轮已经经过彻底检查了。

"这对空间研究是多大打击！"汤姆说，"火箭上的仪器肯定载满了关于火星环境的数据。"

"无价之宝。"斯威夫特先生表示同意，"但是，现在没有一个人知道失败的原因在哪里。"

"火箭现在还在环绕火星吗，爸爸？"

"对，也许以后的几百年它都是这样，除非你和我能想出一个把它召回地球的办法。"

汤姆眼睛里发着亮光："你的意思是政府把这个问题抛给我们了？"

"对的，儿子。将一个远在八千万千米太空里的火箭拉回地球，想出这个解决办法可真是一个挑战啊。"

"哇！"巴德高兴地叫起来，"你没有开玩笑啊，先生。"

汤姆开始激动地来回踱步，他的大脑已经在思考这个问题："爸爸，你还记不记得宇航局常常说起回收废弃卫星和其他太空垃圾的办法？"

第四章 火星谜团

"记得。某些情况下，使用的工具可以重复利用，能节省政府数以万计的开支。"

"哦，我正在研究的静电场也许能同时解决两个问题。我们甚至还可以用它捕捉到攻击空间站的神秘火箭船，如果它再出现一次的话。"

正当汤姆在解释自己的想法时，警报蜂鸣器响了起来。这意味着有嫌疑人被监视器发现了。

巴德冲向窗户。"快看！"他小声说。汤姆和斯威夫特先生也来到窗边后，他指着外面的一个人影。

"拉克西！"汤姆激动地说。

这个学生蹲在观赏性的灌木丛里。汤姆快速地把他爸爸不在时发生的事情告诉了他。

"他现在可能是在安装中断发射机！"巴德激动地说。

男孩们一直等到拉克西走开，然后冲了出去，在灌木丛里四处寻找。令人失望的是这里没有任何藏着电子设备的迹象。

"你丢了什么东西吗，朋友？"

汤姆和巴德抬起头，惊讶地发现拉克西正在对他们笑。

"没有，我们只是来闻一闻美丽的花。"巴德回答。

"哦，真的吗？我刚刚也在这里停了一会，欣赏这些盛开的花。"拉克西说，"我觉得这些是杜鹃花，对不对？"年轻的亚洲人走开了。两个男孩非常生气，因为他们没想到这个怀疑对象出其不意的一招。

"他竟然悄悄靠近我们。"巴德生气地说,"你觉得他知道我们在干什么吗?"

汤姆耸了耸肩:"很难说。如果拉克西偷偷藏了窃听器,他知道我们一旦发现,我们会监视他,看他是否企图安装中继器。这整个事情都是为了让我们露底牌。"

他立即通过电话把这次事件汇报给哈伦·艾姆斯:"顺便问一下,你去卖青铜佛像的进口商店看过了吗?"

艾姆斯汇报说商店由一个叫拉尔·辛格的老人和一个雇员本尼·苏萨克经营的。两人都没有犯罪记录。

"密谋者肯定与那个商店是有联系的。"汤姆陷入沉思,"他们把店名说给了拉姆先生,这太愚蠢了。"

"对,如果间谍这个消息是陷害的话。"艾姆斯表示同意。

"不管怎么样,这里头肯定有某种联系。"汤姆推理,"没有客户会利用进口机构来传递秘报,除非他有眼线在那个商店里工作。"

"嗯,说的对。"艾姆斯赞同。

那天下午,两个男孩乘坐汤姆设计的维托尔喷气式飞机,又从直升机场乘坐出租车到了东二十八路,走进了那家进口商店。店里阴暗潮湿,内饰都已发霉。前面摆放着丝绸萨丽、地毯、珠宝和东方艺术物件。后墙的架子上,装着东方食物姜、藏红花和香料等等,各种瓶瓶罐罐堆放得很高。

第四章 火星谜团

店主辛格先生慢吞吞地走上前向男孩们问好。他年事已高，皮肤灰暗，但很面善，眼神很慈祥。汤姆解释他们此行的原因，还问辛格先生之前是否招待过贾汉王子。

"哦，没有。是我的雇员苏萨克先生招待他的。"他用手指了指他的助手——一个消瘦，脸色蜡黄的年轻人。他从里屋走了出来，认真地听他们说话。

"那个青铜佛像有没有可能是哪里出错了？"汤姆问雇员，"王子说他从来没有订购过。"

苏萨克耸了耸肩："没有任何差错，先生。我尤其记得是他专门挑选的。"

汤姆又问了几个问题，了解到来自H国和威士那普尔所有的货物都是从一个出口公司过来的——叫穆可伊父子公司，然后他们几个男孩离开了。

"我觉得那个雇员是假冒的。"他们一面走，巴德一面小声嘀咕着。

汤姆也这么觉得；"我们这一趟会引起他的担忧。现在快到关门时间了。我们去看看他下班后都干什么。"

在街区绕了一圈后，巴德发现了街对面一条黑乎乎的门廊处可以蹲点，旁边是一个又脏又乱的电影院。汤姆在商店后面的一条小巷里等待。旁边一堆垃圾——钢桶和废弃板条箱——正好挡住他，不被人发现。

苏萨克从后门走了出来。他鬼鬼祟祟地瞥了瞥四周，快步地沿着小巷走开了。

汤姆等了一会儿后，开始谨慎地打算追击。让他没想到的是，苏萨克已经不见了踪影！这个雇员难道窜到别处的后门溜走了吗？

汤姆快步跑上前去看个究竟，路过了一个小的库房。他听到一个轻微的声响后回过头，看到一个戴着面具、挥着粗重的棍子的人跳了出来。

汤姆努力躲避，但头部还是被棍子击中。他发出疼痛的呻吟声，这个年轻的发明家倒在了人行道上。

第五章　惊悚实验

汤姆恢复了知觉,眼睛微微动了动,睁开了双眼。"发生什么事了?"他很疑惑,带着几分迟钝。

一只灰色的大老鼠突然从他眼前窜了出来。

"哎哟!"

汤姆龇牙咧嘴,使出全身力气站了起来,小心翼翼地揉了揉怦怦直跳的脑袋。他看看小巷的周围,努力让自己镇定下来。

突然他想起来发生的事情:"那个雇员,苏萨克!他肯定猜到自己会被跟踪,所以他伏击我。"

汤姆十分厌烦。嫌疑犯从他指尖逃脱了!除了去和巴德会合一起回公司,他也无能为力了。

汤姆不顾身体受伤,大跨步走出了小巷。穿过马路,从进口商店门前跑了过去。他奔向那个黑乎乎的门廊,巴德挑选这里做监视点——但他已经走了。

汤姆很疑惑。那个人从小巷里出来后,巴德看到他了吗?

之前，男孩们在街角的杂货店核实了公共电话亭那个号码。他们约定好如果他们走散，一个人可以用这个号码呼叫对方。

汤姆赶忙跑到杂货店，在电话亭边等候。几分钟后，电话响了起来。汤姆抓起电话。那边传来巴德的声音。

"你在哪里？发生什么事了？"汤姆急切地问。

"市区，伙计。你能接到电话，我终于能放心了！你还好吗？"

汤姆告诉他自己怎么受了猛击，然后问巴德有什么情况。

他的朋友说："我在监视进口商店时，看到了一个人从小巷里冲了出来，拦了一辆出租车。我意识到他是苏萨克。看似你好像没有追在他身后，所以我上了另一辆出租车在后面跟着他。"

巴德说出租车停在了巴特立公园附近的一个廉价公寓，让苏萨克下了车："他的名字列在其中一个门铃卡上——305室。"

汤姆的大脑飞速运转："巴德，我预感到苏萨克发现我在跟踪他时，他十分恐慌。所以他重重击倒我，以争取时间逃跑。"

"那他为什么要冒险在这里下车呢？"

"可能是为了销毁罪证。你确定他没有看到你吗？"

"十分确定。"巴德答道。

第五章　惊悚实验

"你从哪里打来的电话？"

"路边的一个付费电话。在这里看那个公寓，一览无余。"

"好，我打电话给调查局，然后火速赶过去。"汤姆草草记下了地址，又说了一句，"别让他跑了。"

巴德笑了："交给我吧。我会偷偷溜进去，坐在他家门口。"

汤姆快速给总部打了电话，然后乘出租车去巴德说的那条街。他在距离那条街还有些距离的地方下了车，开始步行走向公寓。汤姆没看到巴德，所以在一个当铺的门廊停下了脚步。

三分钟后，一辆带镀层的黑车停在路边。一个肩膀圆实、穿着灰色西服、戴着锁边帽的人跳下了车，走向汤姆。

"马丁，调查局。"他说着和汤姆握了握手，"我们可以把苏萨克抓捕来讯问，但是我们先不接近他，看他能不能把间谍组织里的人给我们供出来……另外，你的朋友在哪里？"

"里面吧，我觉得。"汤姆回答，"巴德要监视他，确保苏萨克不会逃走。"

"好，我们去看看。"

汤姆和特工马丁大步走向公寓，匆匆上了楼梯，从前门走了进去。这个出租住宅既简陋又肮脏，里屋的弹簧锁不管用了。

"显然你的朋友进屋不是问题。"马丁一边推开门，一边四处观察。

屋里一条长长的走廊,尽头是一段楼梯。汤姆和调查局特工快速上了楼梯,发现巴德在第二层和第三层楼层间等候。奇怪的音乐传进他们的耳朵。

"苏萨克在他的房间里。"巴德告诉他们,"他的留声机从我来就一直在响。"

汤姆感到不解。如果苏萨克迫切想要逃跑,他为什么还会在房间里停留?这时,一个想法跳了出来。

"苏萨克到这儿后还有人来过吗?"

巴德摇摇头:"除了我们,没有其他人了。怎么了?"

"楼下有个墙上电话。"汤姆回答,"苏萨克可能给别人打过电话——可能是他在间谍机构里的头头——他可能在等那个人来接他。"

"预感真准,汤姆。"调查局特工说。

马丁快速下楼时惊扰了女房东,一个身材肥胖、衣冠不整的女人,从她了解到309室是个空房。特工安排汤姆和巴德隐藏在那个房间,然后自己出去在车里监视情况。

男孩们在门口毫不懈怠地等候。时间一分一分地过去了。突然汤姆带着沮丧,大喘了一口气。

"怎么了?"巴德轻声问。

"音乐声!同样一首歌已经放了三遍,肯定是存储的最后

一首歌了!"

巴德一脸不悦:"天哪!你的意思是苏萨克不在里面?"

汤姆赶忙跑下去通知马丁。他们从女房东那里拿来了钥匙,又跑上楼去敲305的房门,但没有人应门,调查局特工就打开了门。

和汤姆担心的一样,这个摆放着家具的房间空无一人!从许多个拉开的抽屉、加上一片凌乱上看,显然苏萨克已经仓促逃走了。

"我猜他一定注意到你坐出租车跟踪他了,巴德。要么就是他到这儿后发现了你。"汤姆推测,"所以他用来迷惑我们,然后从屋顶或者太平梯逃掉了。"

嫌疑犯逃脱让马丁和男孩们都感到懊恼。在房间搜查了一番也没有找到任何线索。调查局特工打电话给警察,要求巡逻车要时刻监视找到逃犯。然后他把汤姆和巴德送到了直升机场,汤姆和巴德回到了肖普顿。

第二天,年轻的发明家投入到研究太空物体回收上。巴德顺便去实验室看看这个实验。汤姆刚刚关闭了与密不透风的玻璃室相连接的真空泵。在真空室中,一个镀金属的乒乓球悬挂在尼龙绳上。

"这是什么?一个新游戏吗?"巴德问。

汤姆咯咯笑了:"不是,是我希望能收回火星探测器方法的演示。"

"嗯。给我讲个清楚吧，教授。"

"好。我们假设乒乓球是火箭。"汤姆开始讲。他把刚刚修好的静电场装置打开，将内部的晶体球对准玻璃室。

球一瞬间就摆向了汤姆！

"看，太好了，伙计。这是怎么运作的，是磁引力吗？"

"不是。你可以这样看，它把乒乓球变成了原子引擎。"巴德还是一脸茫然，汤姆解释说这个装置散发的场，实际上将乒乓球极化了，让它的前端变成了一个强大的正电场。

"有点像极地之光，是吗？"

"我觉得可以这么说。不管怎样，带金属镀层的电子附带负电荷，被推向了后端。还有因为这个球内是真空，电子自由地高速喷射了出去。"

"我懂了！"巴德大声欢呼，"球由于受到反作用力而被推动，就像喷气式飞机或者火箭。"

"完全正确！"汤姆点着头说，"要是我能让它散发出足够强大的电场——"

敲门声打断了汤姆。"请进！"汤姆喊道。

拉克西走进实验室。"我应该没有打扰到你们吧。"他流畅地说。没等有人回答他，他就走进了房间，眼睛闪烁不定地看着实验装置。

"你要干什么？"汤姆直接问道。

第五章 惊悚实验

拉克西的脸上写满了担忧："作为贾汉王子忠实的朋友，其他受训者还有我都对他被怀疑行为不端这件事感到心绪不宁。你们能告诉我他是否能摆脱这些陷害吗？"

"这要看你们自己的政府了。"汤姆说，"个人之见，我相信他没有罪。"

"啊！那真是好消息了！"拉克西高兴地放松了些，然后好奇地盯着玻璃墙壁的真空室，"我能问一下你在做什么实验吗？"

汤姆对巴德眨了一下眼。"我给你展示一下。"汤姆对这个学生说，"但首先你最好站在橡胶垫上，以免电击带来危险。"

拉克西照做了。汤姆轻轻地转动内部的晶体球，然后打开了静电场装置。拉克西发出惊吓的尖叫。他仔细梳理的又长又卷的头发——向着四面八方扎了起来。

巴德憋住没发出笑声。拉克西气得语无伦次、满脸通红。

"对不起。"汤姆一边说，一边关掉了机器，"恐怕我没有对准，我……嗯……不小心给你的头发通电了。如果你能等我再调整一下场中心，我会展示……"

"不用麻烦了！"拉克西打断他的话。他生气地理了理头发，大步迈出了实验室。

巴德捧腹大笑："我敢打赌，这肯定是他最后一次来这儿打探消息了！"

第五章 惊悚实验

"希望如此。"汤姆苦笑。

他继续摆弄他的装置。起初他改变放大电路让电场更加强大,然后又制造了斥力装置捕集器。捕集器能制动火箭等收回物体的速度,使其不与操作者的飞船相撞。

"准备就绪。"汤姆终于说道。

周六早晨,他和巴德飞向费林岛,和一个小组人员乘坐挑战者号去测试发明。

庞大的飞船一到达大气上空,一个小导弹就发射出去了。然后汤姆和巴德穿上太空服走了出去,来到已经放置了静电场机器和斥力捕集器的着落平台。

汤姆打开机器,一个朝向加速导弹的电场被发射出来。这时,它不断缩小成了蓝黑色虚无空间的一个闪烁的颗粒。

无形的电场将火箭包围。几秒钟后,前进动力失去后,它开始向后运动,冲向挑战者号。它越来越快地回归到了原来的飞行路线上。

男孩们看着火箭越来越清楚都惊呆了。它并没有直线运动,而是忽上忽下,做锯齿形运动。

"哎!它怎么了?"巴德大声说道。

"我不知道,不敢想象。"汤姆对火箭这种奇怪又不规则的运动疑惑不解。他研究了一下控制盘上的调谐钮,做了一些调整变动。

现在,导弹以极快的速度向他们的飞船冲去。

"为什么它没有减速，船长？它离得太近了，让人不舒服。"

汤姆喘了口气，"天呐！斥力捕集器没有制动！"他着急地摆动着斥力装置的光线装置，但是找不出问题出在哪里。"肯定是斥力装置的频率出了差错，巴德！"

汤姆大喊："它的光线没有起作用。"

火箭马上就会撞上挑战者号了。

第六章　藏红花现

"汉克!"汤姆对着头盔上的麦克风大喊道,"阻止导弹!快用飞船的斥力装置!"

当冲出来的光线正对着即将撞上来的火箭时,挑战者号向后倾斜。汤姆和巴德抓住了身边最近的支持物。

一瞬间导弹晃动着突然停下了,外层散发着能量突然耗散带来的鲜红色。

"哟!"巴德晃动着说,"我还以为我们会被撞到西边的厨房呢。"

停泊好火箭之后,汤姆和巴德走向后面的飞行舱,摘下了宇航员头盔。汉克·斯特林在操控盘旁。

"干得好,汉克。"汤姆说。

"真高兴我没有失手。"这个工程师开玩笑,"火箭几乎逼近了。"

汤姆露出干笑:"斥力器捕集器在不当的时间掉链子了。"

巴德拍拍自己密友的肩膀，鼓励他："你已经证明了你的机器可以让火箭掉头，尽管在路线上还有点飘忽不定。"

"不稳定，对的！"汤姆同意道，"我必须找到原因所在，然后修理好。同时解决掉斥力捕集器里的窃听器。"

回到公司后，年轻的发明家在实验室工作了一下午。晚上时，他跟父亲做了全面汇报。"斥力捕集器必须要受到托马塞特保护。"他补充道，"我发现感应电流会使斥力频率不稳定。"

"那飞船的锯齿形运动怎么解释呢？"

"这在我看来不是个大问题，爸爸。"

"非常好。那你感觉你的机器能完成政府的任务吗？"斯威夫特先生问。

汤姆急切地点了点头。

"有了更广、更强大的模型，我肯定能召回火星探测火箭。我想设计一个有特殊装载机器的宇宙飞船。完成这个项目后，政府可以用它做常规飞船打捞。"

汤姆把这个交通工具的设计想法用简笔画画了出来。

斯威夫特先生心情激动。"周一就着手做吧。"他建议道，"奈德叔叔可以解决和国家宇航局之间合同的细则问题。"

然而，周一早晨，汤姆接到了哈伦·艾姆斯打来的紧急电话。"警察找到了进口商品的雇员了。"安全长官告诉他。

第六章 藏红花现

"本尼·苏萨克？"汤姆激动地问道。

"对。但抓到他对我们并没有多大帮助。他出了车祸，现在还不能回答任何问题。"

艾姆斯解释说前一天晚上一个警察亲眼看到有人试图闯进一家商店。警官追捕这个贸然闯入者，那个人横穿马路被前方开来的汽车撞倒在地。

"他被迅速送到了医院。"艾姆斯继续说，"后来警察就确认他是苏萨克。现在他情况危急，所以如果我们想问话的话，最好快点赶到那里。"

汤姆和艾姆斯启程，着陆之后，乘了辆出租车去医院。一个副警官在苏萨克的病房外与他们碰面。

"你们来得正是时候。"副官默奇森说，"苏萨克看起来不妙。"

他们看到一个年轻人被绷带包裹着，时不时发出呻吟声。汤姆觉得他听到好几次他说"藏红花"这个词。

"就这样，好，藏红花。"副官默奇森表示同意，"但是他想表达什么？"

这个受伤的人脸上表现出绝望的神情，前额冒出了汗珠。一分钟后，他失去了意识。

医生查看了苏萨克的脉搏，检查了他的眼睛，然后抬起头来，耸了耸肩。

"恐怕这是你们能问出来的唯一的东西了，先生们。他进入了深度昏迷。"

汤姆和艾姆斯、默奇森一起离开病房时，他紧皱眉头："我有直觉，苏萨克回店里肯定是去拿某个至关重要的东西，那个东西可能是他的罪证，或者更严重点，这个东西会暴露整个阴谋。"

"他为什么不等几天再拿呢？"艾姆斯反驳，"他在周二就逃跑了。"

"我觉得我能解释这个时间间隔。"警官插话道，"店主拉尔·辛格住在商店的后面。苏萨克在辛格在的时候，可能不敢闯进去。但是最后一晚上，他就动手了。"

艾姆斯点点头："那'藏红花'怎么解释？"

"藏红花被用在烹饪中。"汤姆说，"贾汉王子家里的晚宴中，我在甜点里尝到过。可能商店里有一些，可能与苏萨克含糊不清说出的话有些关联。"

"我们去查证。"副官默奇森说。

三个人一同坐警车去了进口商店。辛格先生才刚刚营业。

"藏红花？"年老的店主小声说，"是，我们卖这个。"他看起来有些迷糊，但还是领着大家来到后面的架子前，他指着一排罐子和许多小捆装着黄色物质的包装。

"我能看看你的货吗？"汤姆问。

"当然！"辛格礼貌地示意他。

汤姆在这些包装里摸索。不一会儿，他发出胜利的欢呼

第六章 藏红花现

声,从罐子后面掏出了一个笔记本。

"这是你的吗?"默奇森问店主。

"不,不是。"辛格也很纳闷,"我的雇员苏萨克负责填补架子的货。肯定是他放的。"

三人急切地查看这个笔记本。

"这下找到有用的了,船长。"艾姆斯欢呼,"这是本密码书。"

书页上写的是商品名称和带有密码意义的商业用语。书里还写有关于发票、订单和提货单上无形字迹信息的说明。

笔记本的后面还塞着两张纸片——显然是苏萨克最近草草记下的消息的复印版。

一张是命令雇员在王子下次购买东西时,通过把一张假纸条放进中空的佛像里来陷害贾汉王子。另一张上的消息是:

斯威夫特要收回火星的火箭。他在研究新的发明来实现这个想法。警告,看到飞船,他还要用这个发明捕捉到飞船。

雪人

汤姆、艾姆斯和副官默奇森匆匆赶到警察局总部,更加仔细地翻看这本密码书。

"雪人肯定是企业集团里间谍的代号。"艾姆斯推断,"可能是拉克西!汤姆,监视器发现他时,他是不是在你的实验室外窃听?"

"可能他用了个袖珍接收器，试图窃听——但窃听器已经关掉了。"汤姆回答，"不管怎样，那天中午时分新闻里发布了有关于那个火箭的内容。不到一个小时，企业集团公司上下都知道我要调整自己的发明，把它用来收回火箭的工作中了。"

"那说'看到飞船'，你会用你的发明捕捉到它这个警告怎么解释呢？"艾姆斯问，"我的理解是，它指的是撞向空间站的那个火箭船，对吗？"

汤姆点点头："恐怕工厂也有人议论纷纷，但是这却证实了企业集团里真有一个间谍，也许就在受训者中。"

艾姆斯告诉汤姆，威士那普尔人已经受到严密监视。副官默奇森提议辛格店里所有的记录和信件都要经受检查，看是否能找到秘密信息。

"好主意。"艾姆斯说。

汤姆在飞回肖普顿的路上把谜团在脑海里想了一遍又一遍。阴险的间谍的阴谋后面藏着什么？那个奇怪的黄色火箭船与整个阴谋有什么联系？

那天下午，汤姆在实验室里忙碌，贾汉王子一个人意外到访。

"我已经彻底清白了，谢谢你，朋友！"贾汉高兴地宣布，"现在我想请你帮一个忙。你和巴德，还有桑迪和菲利斯从今天起必须取消一周内的计划。"

"为什么?"汤姆吃惊地笑着问。

"因为你马上就要和我还有其他同学们一起飞去威士那普尔了,你们都作为参加夏季法王节的皇室客人。"

第七章　毁灭女神

汤姆对这个意料之外的邀请感到吃惊。"听着不错。"他说,"但是恐怕我走不开。"

贾汉英俊的脸庞暗淡下来。"你必须去,汤姆!"他乞求道,"既然你都消除了对我的顾虑了,我的朋友们和我做了回国和庆祝节日的特殊安排!你就不能放个短假,加入我们吗?"

"但是威士那普尔离这里有半个地球的距离。说实话,贾汉,这个火星的火箭任务……"

突然年轻的发明家有了一个想法,他停住了。他心事重重地用手摩擦自己的下巴:"这个节日持续多长时间?"

"整整一周,威士那普尔的每个人都用跳舞、盛宴和祝福来庆祝法王节。"贾汉回答,"这会是你难忘的一周!拜托你要去,汤姆。"

"好……我很高兴,我想在我和我爸爸安排完一些事情之后去。还有巴德和女孩们也同意去。"

贾汉很高兴："我就把你算进去了哦。"

巴德收到消息时，急切万分地接受了邀请。那天晚上，汤姆和父亲讨论了这件事。

"火箭回收器的相关技术问题现在已经克服了。"年轻的发明家汇报，"用我们的飞船来承载这个机器是轻而易举。它的斥力系统将和挑战者号的推进系统一模一样——实际上要更简单，因为飞船本身将会更轻便。"

"已经完成基础构造了吗？"

"是的，爸爸。我明天可以和亚弗一起开始对机身取模，让汉克分配系统工程师。阿特·威尔特萨可以把我的静电场装置落实。"

斯威夫特先生思考了一会儿："那这周末前你就可以让任务步入正轨？"

汤姆急切地点点头："嗯，但是我离开时它需要人来监管——如果我去的话，就是这样。你会有时间来解决这个问题吗？"

桑迪坐在父亲的安乐椅扶手上休息，她还说着些听起来像花言巧语的话："想想，我们受邀作为宫殿贵宾呐！千载难逢的机会，我们可以享受一周东方风情！"

斯威夫特笑了："你都那么说了，亲爱的，我怎么能拒绝？总之，儿子，这个火星的火箭项目也是我的责任，而且我很快也要完成我的仿生学实验了。所以我的回答是可以。"

斯威夫特太太也十分乐意地允许这次出行，然后桑迪就给菲利斯·牛顿打了电话。菲利斯立即询问自己的父母，牛顿夫妇二人也同意了。

第二天，汤姆在试验站和哈伦·艾姆斯解释了这次出行，还补充说："和受训者们相处一周时间也许能给我找出间谍真面目的机会。另外，雪人的那条消息让我感觉火箭船的基地在喜马拉雅那里。去威士那普尔旅行一趟我也许能找到真正的线索！"

艾姆斯表示同意，但他告诫道："那边都是国际动荡地区，船长。一定要小心行事。"

汤姆答应在飞过崎岖山脉的任何旅途上，他都会小心。

接下来几天里发生的都是疯狂的事。汤姆不停地长时间工作，又在工厂里睡了两个晚上。但周末休息之后，他精神恢复，热切要走上旅途。

周日深夜，蓝天女王起飞了。和汤姆他们同行的还有乔和几个机组人员。贾汉王子和其他受训者都很高兴能有机会乘坐原子驱动的大型飞行实验室。

"因为公司业务，所以我得在这停一下。"当他们在月光下从大西洋横跨飞向渐渐亮起的晨曦时汤姆对贾汉说，"我和巴德去办事的时候，你和其他一些同学应该能陪同女孩儿们在城市里到处走走吧。"

"我们很乐意！"贾汉说。

王子离开飞行舱后，巴德问："去办什么事？"

"还记得辛格告诉我们他和威士那普尔货物是从穆可伊父子公司来的吗？"巴德点点头，汤姆继续说，"我想去看看那个公司，看看我们能不能得到关于间谍消息怎么传递的线索？"

"聪明！我们去试试。"

超音速下他们仅仅飞行了三个小时。飞机俯冲下去，下方是一片泥土般棕色的海，这时是早上十点左右。他们降落在机场，位于H国熙熙攘攘的西部海岸城市的郊区。

清关后，汤姆问了公司地址，在码头附近。他和巴德乘坐出租车前往。

"你注意到了吗？拉克西对女孩子总是摆出一副大架子。"巴德在他们高速行驶在宽阔而现代的高速公路上时抱怨道。

汤姆笑了："放轻松，伙计。她们会忙着观光，忙得不会听信他的话。"

通往城市的一段路穿过肮脏的工厂和租房区。他们快到商业区的中心时，男孩们却被这样一幅画面惊呆了！宽敞的路边生长的棕榈树与办公大楼和现代公寓的玻璃夹层形成了美丽的天际线。红色的双层巴士和豪华跑车在交通拥挤的路上穿梭自如。

在一座带"穆可伊父子公司"字样的建筑前，出租车停下了。这栋大楼看起来既是商店又是仓库。汤姆和巴德朝着堆放着商品的柜台处走去。一位穿着高领白外套的雇员先生走上前来。

"请问有什么需要帮助的吗？"

汤姆假装他们是游客，正在旅游购物。他和雇员聊起天来，提到了那个进口商店。"辛格先生告诉我们他从你这个公司里买货。"汤姆继续说，"所以我们想顺便路过看一下。"

一个穿着工作服的健壮男士从柜台后放满货物的走道里走了出来。他高兴地看着男孩们："辛格是我们的忠实客户。你们能来拜访，我非常高兴。允许我自我介绍，我叫威德·穆可伊，这家公司的老板。"

汤姆介绍了巴德，并说："我叫汤姆·斯威夫特。"

"难道是那个有名的年轻发明家？"穆可伊先生大声说，"真是万分荣幸啊！"

这个健壮的男士坚持要带这两个男孩参观整个建筑。大楼的后面用作仓库。楼上房间里，雇员们在忙着检查来自亚洲的货物，办公室里三个年轻的女士，正在忙于归档和打字。汤姆发现这三个人很难与间谍阴谋扯上关系。

离开之前，汤姆买了几件披肩，还买了一些银袖扣作为带

第七章 毁天女神

回家的礼物。巴德从柜台里抓起了一个外形奇特的别针："我打赌桑迪会喜欢这个！"

这个黑玛瑙别针雕刻出的是一个四只胳膊、带着头骨项链的女人的形状。她的眼睛是小红宝石。

汤姆咯咯笑了："与众不同……但有点令人毛骨悚然。"

"不！别碰那个！"那个雇员冲上前，努力拿到那个别针。但是巴德抓着不放："怎么了？这个不卖吗？"

"你当然可以买。"穆可伊先生说。他尖声对雇员说了一番话，然后转过身对男孩们说："这个别针是从威士那普尔运过来的，而钱德拉——我的雇员组长——无理地想要留给自己。"

巴德主动说不买这个别针了，但是穆可伊先生坚持让他以低价收下这个别针。"这雕刻的形象叫卡莉，死亡女神。"穆可伊解释说，"我的雇员可能害怕这个别针会给你带来厄运。确实出于这个原因，他在担心。不是吗，钱德拉？"雇员阴郁地耸了耸肩。

离开后，汤姆和巴德坐出租车沿着景色优美的海滨大道，路过斜坡上漂亮的花园，来到了山顶。下面的海滩向远处延伸，男孩们领略了海滨城市美不胜收的景观。

现在快中午了，男孩们让出租车司机把他们载到酒店。他

们要在这里会面吃午餐。

汤姆和巴德在酒店大厅里等候。两个女孩很快就到了，陪同的有贾汉王子和三个来自威士那普尔的年轻工程师，包括拉克西。桑迪收到死亡女神别针时十分高兴，但是拉克西却生气地瞪了一眼。

"一个美貌的A国女孩戴这个别针根本就不合适。"他小声说。

"我觉得很美！"桑迪说着把别针别到了裙子上。

吃午餐时，女孩们讲她们看到一个景点拍进电影的过程了。

"我们发现这里拍的动画片比我们国家都要多。"菲利斯补充道。

突然，汤姆的针式收音机响了起来。是蓝天女王打过来的电话。飞机的无线电人员报告说A国领事馆想让汤姆、巴德和整个公司的受训者们下午两点到一所技术学校进行友好访问。记者和新闻摄影师会在现场。

汤姆抱怨："我想我们在这里的消息在机场时泄露出去了。"

贾汉的眼睛一眨一眨："作为王子，我不受普通规矩约束，汤姆。所以很抱歉，另外我有约在先——我要当两位女士的导游。"

女孩们听到下午有人陪伴十分开心。

"我们去看之前经常听说的爱烈芬塔的石窟寺吧。"菲利斯建议。

桑迪和王子立刻同意了。和汤姆一行人告别后,这三个人乘坐出租车去往渡口,他们又坐了辆汽艇去离港口9千米远的爱烈芬塔岛。

这个漂亮的小岛上有两条绵长的山,中间是一个山谷。野餐的人们在树林中休憩。女孩们和贾汉王子以及其他旅客一同从栈桥走进主洞,甘尼许·古发。它是从阶梯状的岩石中开凿出来的。宽阔的阶梯,旁边是石头大象,引着大家来到寺庙的入口。

进去之后,桑迪和菲利斯惊讶于庞大的神灵和女神的雕像。其中最庄严的是在化石上雕刻出来的三相神——一个三个脑袋的湿婆神、毗湿奴和婆罗门的形象。

"这几乎让人毛骨悚然!"菲利斯小声地说。

其他观光者走出寺庙后在转来转去。突然桑迪小声尖叫了一声:"那个人!他抢走了我的卡莉别针!"她指着一个戴着头巾、留着胡子正在寺庙阶梯上奔走的人影。

贾汉王子紧追其后,跟着窃贼跑进了树林,上了山坡。到达山顶的他朝着相反的方向——小岛海岸跑去。贾汉在他后面18米远。

那个人快到海滩时,他疯狂地挥起手臂。一个在海边兜圈子的快艇往岛上疾驰。

　　贾汉追上了那个人，抓住了他的肩膀不放。窃贼快速转身，恶意冲冲地对王子挥起了拳头。贾汉挡住了他的一击，拼尽力气从他的手里抢回别针。一会儿，快艇到了海边，三个带着匕首的男人突然冲了出来。

第八章 皇家欢迎

从船上下来的三个暴徒冲向他,贾汉迎面抵抗他们的袭击。留着胡子的窃贼乘机对贾汉的头部给了一击。

同时,桑迪和菲利斯大声呼救,引起了其他人注意。一个A国游客快速跑下山,冲去了海滩。贾汉正在努力站起来。

这时,窃贼和他的同谋开始跑向小船。贾汉跟在他们后面,抓住了一个人的腿。这个暴徒转身,举起了匕首要刺人。

那个游客几乎没有迟疑,敏捷地捡起一块石头,扔向了举着匕首的暴徒。石头击中了他的太阳穴,在匕首没刺到人时,他就被击倒在地。留着胡子的窃贼狠狠地踢了贾汉,其他两个暴徒拽着受打击的同伙跑向船,跳了上去。领航员开了一枪,然后飞快把船开向了海面。

那个游客到贾汉王子身边时,他处于眩晕状态。这个年轻人摇了摇他的头,让他清醒一点,一边帮他站起来:"你还好吗?"

"没事,谢谢。是你扔的石头吗?"

"运气好才扔中了。我很高兴在他刺到你之前,石头砸到了他。"那个A国人身材高大,看起来很强壮,还留着浓密的棕色胡须。他戴着一顶草帽,黑色眼睛,穿着白色衣服。脖子上挂着一台照相机。

"你救了我的命,先生。"贾汉热切地说。

"别记在心上。我的名字叫休·摩特雷克。"

"我是威士那普尔的贾汉王子。"

那个A国人大吃一惊。桑迪和菲利斯匆忙赶了过来,还有一些观光者也跟了过来。这时快艇已经开远了。因为这岛上没有电话,所以也没有拦截这些罪犯的机会。

"显然他们是群土匪。"一个H国人说道。他向女孩儿们解释土匪就是团体作案的会杀人的暴徒。

"抱歉,我没能夺回你的卡莉别针,桑迪。"贾汉王子道歉道。

"你去追赶窃贼已经非常勇敢了!"

一行人即将回到渡口,贾汉把休·摩特雷克给女孩们做了介绍。这个A国人说他是考古学家,来到这里是为了给家乡的博物馆收集艺术品。

"我希望能以某些方式来向你表达我的感激之情,摩特雷克先生。"贾汉说。

那个人想了想,看了他一眼:"实际上,确实有办法。"

"你请说。"

"群山之后的威士那普尔几百年来一直把自己与世界隔离开来。你的国家只允许少数外国人进入境内。"

贾汉认真地点头："我在努力说服我的父亲改变这个局面。"

"我一直希望能到那个地方。"摩特雷克继续说,"去那里调研商羯罗的古老遗迹。但是您的当局拒绝通过我的入境签证。"

"你完全获得了去威士那普尔的权利。"贾汉说,"今天下午就走,你准备好了吗?"

"只需要给我点收拾行李的时间。"

回到渡口后,这四个人把窃贼的事件报警了。然后贾汉和女孩们还有摩特雷克一起去了他的酒店,之后乘坐出租车去了机场。

汤姆一行人已经登上准备起飞的蓝天女王。听完爱烈芬塔发生的事情后,年轻的发明家欢迎摩特雷克成为飞行实验室的乘客。

他们向西飞行途中,巴德注意到汤姆变得沉默寡言和心事重重。"你这个高速运转的大脑里想什么呢?"他问。

"巴德,我总是忍不住地想,窃贼不仅仅是因为看了死亡女神别针,这背后还有东西。"

"为什么?"领航员问。

"嗯。三个暴徒并不是碰巧在海边出游的。这个事情肯定

之前就计划好了。"

巴德同意，补充说："桑迪说他看到留胡子的那个人是从渡口走过来的。"

"那就意味着他在跟踪她。"

"只为了抢一个别针吗？"巴德皱起眉头，"你怎么能确定？那些土匪可能常常抢劫游客。"

"有可能。"汤姆也承认，"但是我总觉得遇到窃贼不是个巧合，尤其是摩特雷克现身得正是时候。"

"你觉得他也参与了阴谋吗？"

汤姆一脸担忧："自从摩特雷克上船后，我总觉得之前就见到过他。刚刚想到的，在酒店里吃午饭时他坐在我们旁边。"

巴德吹了声口哨："那他也许是听到了女孩们说去爱烈芬塔，这样他就有时间策划出这场盗窃。"

"一点儿没错。贾汉是桑迪的陪同，几乎毫无疑问会去追赶窃贼——这时候摩特雷克就有了救他的机会，这样他就能使点诡计受邀和我们一起去威士那普尔。"

"哇！"巴德对汤姆的推理很佩服，"我们最好留意摩特雷克先生。"

飞过朦胧的蓝色山脉，他们跨越了大陆，最后飞过了汪洋。很快，远处浮现了绿色的山麓和顶峰白雪皑皑的喜马拉雅山。

飞行实验室从云层中飞向首都楚拉嘎城的过程中，陡峭的峡谷、翠绿的山谷和岩石重重的高地渐渐进入人们的视野。汤姆向前方发出无线电，他们很快就会降落，应该能赶在五点前。

这个尘土飞扬的机场就位于城市的外边。蓝天女王着陆时，汤姆一眼瞥到一个木制飞机库里停着两架老式的双引擎飞机。贾汉说是王公的飞机。机场还停着一架直升机。"那是我舅舅的，戈帕尔王子，也是一个技术高超的飞行员。"贾汉补充说。

乘客登陆之后，一个满脸笑意、戴着头巾，留着卷胡须的人走过来问候他们。他后面跟着几个助手，贾汉给大家介绍这个人是戈帕尔王子，是王公的高级官员，也就是首席部长。

"欢迎你们来到威士那普尔！"戈帕尔大声欢呼。他用西方的方式和男孩们以及摩特雷克握手，还优雅地鞠躬，亲吻桑迪和菲利斯的手。"王公派了他自己的皇家动物来载你们去皇宫。"他说。

十二头背上带着有罩盖的象轿在附近列队站立。

贾汉王子和桑迪坐在第一头大象背上的两个座位的象轿里，后面跟着在下一头大象上的戈帕尔和菲利斯，然后是汤姆和巴德。他们的后面还跟着摩特雷克、汤姆的机组人员，以及贾汉的受训者同伴们。

乔乘坐象轿时看似有几分警惕。看着这个厨师在管象人（也

第八章 皇家欢迎

就是大象的司机)的帮助下,摇摇晃晃先爬上大象的鼻子然后到了脑袋,汤姆在一边咯咯地笑。但汤姆注意到乔一坐上去后,似乎十分享受。

去皇宫的路上,他们走过土路和铺着鹅卵石的路,路过一层一层堆积起来像宝塔屋顶一样的建筑。人们面带笑容,排列在路两旁,欢迎贾汉王子和他的客人。汤姆一行也微笑着,但是摇摇晃晃、起伏不平的象背让他们震动得厉害。

"这还不如一匹难驯服的马!"巴德抱怨道,"人坐在上面一定会晕的!"

穹顶的皇宫有很多层楼高,玫瑰色的正面上有一排排雕刻的格栅式门窗。

仆人们把这一行人引入一个挂着壁毯的客厅,地上铺着精美的东方地毯。他们在这里见到了国王克里希纳·巴拉吉尔,他的拉尼(也就是王后)——贾汉的继母,还有他们的大臣。

王公是一个有灰色胡须、高贵庄严的人,热情地接待了他的客人,但他的严厉让大家对他有几分敬畏。

"别让他吓着你们。"贾汉低声细语,笑着说,"他是个心地善良的暴君。"

拉尼和她的宫女们穿着丝制的衣服,带着金手镯,披着绣花的蕾丝披肩。汤姆看到他们向两个吸引人的A国女孩投向嫉妒的眼神。

他们回到自己的房间后,菲利斯沮丧地嘟囔:"那些宫女们对我们反感。"

"恐怕你说对了。"桑迪表示同意，笑着说。突然她的蓝眼睛一闪一闪。桑迪叫来了自己的哥哥，把女孩们唯一的发胶交给了哥哥："天才先生，能不能请你很快给我们弄来几加仑这种东西？"

"当然，我觉得没问题。"汤姆带着疑惑说，"这是为什么？"

"没时间解释了。哦，你能做个什么东西喷出来吗？"

"喷漆枪管用吗？"

"太棒了！但是请快点！"

汤姆和巴德乘坐皇家吉普车迅速回到了蓝天女王。巴德看到汤姆在解析发胶，然后开始混合出新品，巴德都快笑得抽搐了。"安静！不然我要用这些东西来打扮你了！"汤姆回嘴。

一个小时后，男孩们回到了皇宫。八点半已经安排了宫廷晚宴和欢迎会，但一个仆人说将会延迟。

戈帕尔王子咯咯笑了："我说得斯威夫特小姐和牛顿小姐已经在我们的宫女之间引起了不小骚动！"

欢迎会终于开始了。汤姆和巴德打着哈欠。宫女们荣光满面，她们又长又黑的头发做成了时尚的西式发型。拉尼和她的宫女首领穿着桑迪和菲利斯能看到接缝的裙子。其他人也穿着匆忙赶制的类似服装。

然而两个A国女孩却穿着H国服饰，带着金手镯，眼睛上

点着朱砂,也就是美人痣!

"桑迪和菲利斯还是舞会上的美人儿呢!"贾汉王子笑着吐露心声。

后来,戈帕尔把汤姆叫到一边。首席部长的表情很严肃,"关于摩特雷克这个人你知道多少?"他问道。

汤姆耸了耸肩:"只知道那些他自己说出来的信息,他是个A国博物馆里的考古学家。为什么这么问?"

"从威士那普尔境内运出古代艺术品是违法的。"戈帕尔继续说,"我怀疑这是摩特雷克的真正目的。我以国王首席安全警察部长的身份检查了他的行李。发现了这个。"

汤姆看到戈帕尔手里拿出一个小小的、闪着光彩的、长着两个红宝石眼睛的黑东西,喘了一口气。它看起来和桑迪被偷的死亡女神别针一模一样。

第九章　致命湖泊

汤姆想：摩特雷克有一个和桑迪别针一样的复制品，真是太巧了。这看起来就是同一个别针！

"你听说了爱烈芬塔发生的事了吗？"汤姆问首席部长。

戈帕尔冷静地点点头："从你妹妹手中被抢走的死亡女神别针和这个很相似吗？"

"就是这个样子的。"

"那无疑的是，我们都觉得事情是这样子的，摩特雷克雇用土匪抢走了别针。"

汤姆听到这话感到很吃惊。他之前猜想假如摩特雷克伪造了这场抢劫事件，那他就找到了救贾汉命和获得进入威士那普尔境内允许的借口。汤姆问："这个别针难道珍贵得值得摩特雷克去偷吗？"

"当然！"戈帕尔说，"我让一个历史学家检查了这个别针。这确定这是来自商羯罗的文物。"

"商羯罗？"汤姆大呼，"那正是摩特雷克想去的地方！

为什么这么重要呢?"

戈帕尔解释说,几千年前,在现在的子民们从雪山高原移居到山谷前,一个繁荣的文明生存在威士那普尔。古代的工匠生产出精致美观的艺术品。"这个黑玛瑙死亡女神别针只能算是其中一个样本。"他说道。这个文明在历史迷雾中消失了。现在,留下的唯一痕迹就是一处堆着废墟的,叫商羯罗的遗址,西面距离楚拉嘎有几天的路程。

"这个文明遗留下来的文物现在几乎都成了无价之宝。"戈帕尔王子表明,"这就是为什么一个文物都不能带出这个国家的原因。博物馆和收藏者们会给别针这样的东西开价很高。"

汤姆仔细思考了这些消息:"没有办法能证明这就是我妹妹的那个别针。"

"说得对。"戈帕尔承认,"并且,摩特雷克是国王的贵客,我也不能对他不敬。但事实很清楚这个人可能是个小偷。"

戈帕尔也让汤姆不要向贾汉或者王公说这件事,至少要等他花时间进一步调查,查明别针在威士那普尔是怎么被偷走的。

之后,戈帕尔王子拿出一个漂亮的翠绿色戒指,发着绿色火焰的光彩,交给了汤姆。"既然我不能把卡莉别针还给你的妹妹，请把这个交给她。"

晚宴后，汤姆把戒指交给桑迪，解释了情况。她看到这个礼物非常激动，但她的哥哥却为最近发生的事烦心。如果摩特雷克是个小偷，汤姆不想与他有一丝干系。但是，会不会是土匪或者走私犯不知出于什么原因把别针放在了摩特雷克的行李了呢？

思考了这个问题之后，汤姆决定给这个人一次解释的机会。他走向了这个考古学家的房间，敲了敲房门。摩特雷克惊讶地开了门："汤姆，你怎么会来我这里？"

"很难说，我不知道怎么开口。"汤姆回答，摩特雷克示意让他坐下。

"怎么难说？"

"是件私事。关于你的一个不好的传言。"

摩特雷克的脸色沉了下来，但是汤姆没有发现一丝内疚。"好，说吧，汤姆。"

汤姆尽可能地用外交方式告诉摩特雷克关于失窃别针在他的行李被发现的事情。他还没能继续，摩特雷克就满脸通红地大声叫道："这是个骗局！如果真有这回事，那就是别人把它放进去来诬陷我的。老天在上，我一定会找出那个人是谁！"

"别激动！你冷静一下。"汤姆看到摩特雷克要去拉响铃线叫来服务生时说道。这个人看似真切地被激怒了，汤姆有一

些倾向于相信他是清白的。

这个考古学家陷入沉思,站立了几分钟后问道:"他们发现了什么东西?"

汤姆告诉他后,他十分吃惊:"我发誓不知道关于你妹妹的卡莉别针的事。"

当汤姆告诉他这件玛瑙饰品来自商羯罗时,他显得比之前更吃惊了。但是汤姆努力从这上面套他的话时,他耸了耸肩:"这个别针听起来更像是近年来出现的H国物件,但可能我是错的。"

"如果这个别针不宝贵,为什么那些土匪要费劲去抢走呢?"

"可能因为死亡女神对窃贼和土匪来说很神圣吧。"摩特雷克回答。

汤姆走回了自己的房间。他相信摩特雷克的吃惊不是装出来的,这个人对放在他行李里的别针说的是实话。不管怎样,为了小心行事,汤姆匆匆去了一趟蓝天女王,给在公司的艾姆斯发无线电,让他查出摩特雷克的背景。

第二天,贾汉王子主动提出陪同汤姆、巴德和女孩们去楚拉嘎进行短期的游玩。这群年轻人离开皇宫后,他们看到管象人在棚里给皇家大象清洗。乔在帮忙。

"他肯定是对昨天骑过的大象有了好感。"汤姆笑着说。

这个厨师一边快乐地吹着口哨,一边把水泼在这头大象灰色的带着褶皱的毛皮上。"嗨，伙计们！"乔大喊，"像我这样的牧羊人应该跟这里的坐骑动物混得很熟。"

桑迪咯咯笑了："那头大象看着就很享受洗澡。你们看着像两个好朋友。"

"对，我们好像能理解对方。不过她是母的。她的名字叫奇尼，意思是'糖'。"乔补充说，"她带了假牙。"

"假牙！你不是开玩笑吧？"菲利斯问。

"当然。她是母的，象牙长不了很大，所以人们给她装上了木头牙齿。"乔扯了扯涂白的象牙，让大家看它能变松动，"要是游行，她们会在脚趾上镀金。你知道吗？这些家畜很难对付的。"

"因为她们长着厚厚的皮吗？"巴德嘲笑道。

"说实话……我让你看看。"乔在大象的侧身用手指轻轻地来回摸。

一个管象人，提着一桶水大声喊道："快住手，先生！危险！"

警告来得太晚了！大象活泼又雀跃地向后退了几步。然后将鼻子伸进了水桶，把乔从头到脚喷了一身！乔站在那里，水滴四溅，身上湿透了，旁边的观众中带着欢笑鼓起了掌。

"要是我的雨衣在就好了。"乔嘟囔，"我本该知道不能

第九章 致命湖泊

对一位女士无礼。"

一辆马车载着贾汉王子一行人穿过了城市。一路上都是喧闹声,因为山民们和农民们涌去楚拉嘎参加节日。一路上,载满货物的牦牛缓慢地走着,头戴皮毛的人们欢快地赶着骡,拉着大篷车,互相拥挤着。男人们戴着蓝绿色的珊瑚耳环,他们的动物戴着牦牛毛发做成的绒球装饰。

经幡铺天盖地,布满大楼的前方,许多涂白的房子重新涂成了粉色、黄色或蓝色,以此庆祝法王的盛宴。马车走过的路上,人们大声呼喊着"寨库马尔·贾汉!贾汉王子万岁!"

"他们好像都喜欢你。"菲利斯对他说。

市场上充斥着熙熙攘攘的声音。街边的小贩在人行道上铺开自己的货物。一个戴着头巾、留着灰色胡须的地毯商坐在地上吹着泡泡风笛。一个货摊摆着一堆彩虹色的玻璃纤维手镯。一个染料卖家正在天平上称量一堆堆的粉末。

"节日如火如荼展开时,你们要四处留意。"贾汉提醒桑迪和菲利斯,"狂欢者们会把带有染料的各种颜色的水泼向他们看到的任何人。"

女孩们注意到许多女人都戴着穿过鼻孔的圆圈饰品。贾汉说那些相当于西方女士们的婚戒。到处蹲坐着穿着黄色袍子的和尚,手中拿着必须持有的化缘钵。

寺庙的僧侣留着垂下的胡须,在小型的圆桶边踱步,这圆桶也叫转经筒。贾汉解释说这些转筒上写着祈祷的内容,人们

第九章 致命湖泊

相信祈祷会通过旋转飞上天堂。

汤姆的眼睛扫过一个个商店的标志。这时,马车路过一个写着英语的店名:楚拉嘎贸易公司。汤姆让司机停车。匆匆向贾汉王子和女孩们解释一番后,他和巴德跳下了车。

"这是穆可伊先生说过的那家公司。他说这个公司从威士那普尔给他运货。"这个年轻的发明家提醒他的伙计,"这里的某个人肯定参与了间谍组织。"

出乎他们意料的是,这家店锁门了。一个哭红了眼睛的女人应声打开了门。她告诉男孩们自己的丈夫前一晚被戈帕尔王子的安全警官逮捕了。她不知道为什么。

巴德对汤姆说:"戈帕尔肯定抓他去问话了。"汤姆思考着点了点头。

那天下午,汤姆一行观看了一场箭术比赛,参观了几处寺庙和神殿。第二天,桑迪和菲利斯受邀和拉尼一起参加几场公共集会,所以汤姆向贾汉王子提议,邀请他和他的受训者们与汤姆、巴德一起乘坐蓝天女王参加观光飞行。贾汉很高兴。

这架时尚的银色飞船从机场起飞,向北飞去了。汤姆和巴德对美不胜收的景观惊奇不已。阶梯般的稻田从坡上的山谷一直到茂盛的热带森林。更高处坡度渐渐减小,变成了一片荒凉的高原,中间分割着令人惊叹的峡谷。到处可以看到山顶上的修道院或者砌着泥墙的山村。

在远处，如幽灵般的山顶上白雪皑皑的峰顶直插云霄。贾汉指着最宏伟的一座峰顶小声说："那就是法王。"

现在他们飞过了宽阔荒芜的山谷。在山谷之间，有一片寂静的黑绿色的湖水。一条移动的小点连线表明那是一群驮着货物的骡，要不然的话，这里没有一丝人类生命居住的迹象。

汤姆对这片景观暴露无遗的孤独感到震惊："你们快看，这里有一个可怕的地方！"

"确实可怕，我的朋友……那个湖是有毒的。"贾汉说，"它是死亡女神之湖。"

死亡女神！汤姆和巴德互相交换了眼神，十分吃惊。

"什么东西会让这个湖有毒呢？"巴德问。

贾汉王子耸了耸肩："我不知道，但是，你看，没有植物可以在附近存活。要不是这个湖，这片山谷就成为肥沃的农田了，这样能够为不少人民提供粮食。"

汤姆很好奇，想知道更多信息。他降落在湖边，然后舀出来一勺浑浊的水作为样本放在瓶子里。通过一个斯威夫特分光镜和气体色谱分析，他在飞行实验室分析了这种水的成分。检测显示里面包含着一种由氯化物、碳和氮化物组成的有机物。

"所以毒素一定来自于水里的植物生长，而不是土壤里的矿物质。"他告诉贾汉。

这时，大篷车伴着丁零零的铃铛声慢慢靠近了蓝天女王。当地的赶骡人对这个大型飞船十分敬畏，停下了脚步去和汤姆

说话。

赶骡人讲他晚上看到一个不可思议的怪物在湖里进进出出！他的话是琼翻译出来的。

"对，对，先生。"另一个赶骡人说，"周围有许多生灵！有时它们在山里造出火焰喷泉！"

第十章　空中表演

火焰喷泉！汤姆又一次向巴德投去震惊的眼神。这简直和火箭发射一样可疑。

汤姆问赶骡人："你们只有在晚上才看到火焰吗？"

"是，先生。"一个光着腿，头戴羊毛帽子的山里人激动地点头，"火焰在天空中升得特别高，特别高。"

"听起来像一架飞船飞了起来。"巴德小声说。

"对。这可能是神秘的火箭基地的一条线索！"他大声地问赶骡人，"你在什么地方看到火焰的？"

这个人指了指北方："在法王的侧面附近。可能是山神点亮天空来庆祝节日。是吗，先生？"

拉克西走了过来，突然打断说："真是有意思的故事，天空中的火焰喷泉，湖中怪物！现在你们知道了如果我们想为无知的人们提供教育，我们需要与什么东西竞争了吧。"

"民间故事也有隐含的真理。"这个年轻的发明家转过头看着琼，补充说，"请让更多的人告诉我们关于水怪的事情。"

琼照做了，然后把人们的回答翻译了过来："他说，怪物特别庞大，大得可以吃掉一个人。它的外皮非常恐怖，有两只圆溜溜的发光的眼睛。有时它用后肢走路，有时它用四肢爬行。"

贾汉王子疑惑不解地看着汤姆："貌似你对死亡女神之湖特别感兴趣。你不怕麻烦化验了毒物，或许你心中有了头绪？"

"不完全是。"汤姆回答，"告诉我，在雨季这个湖水会漫上岸吗？"

赶骡人和学生工程师都说从来没有。

"这样的话，这个湖水源头不是泉水。"汤姆推理道，"它更像是与一个地下水系统相连的，这样液体静压力会让这个湖的水位不超过平常的位置。贾汉，你允许我叫过来一个地理学家进行测探吗？可能有将湖水净化的办法。"

贾汉的眼睛闪着光亮："当然允许！如果这片区域可以变得适于居住，我会让山谷变成农田！"

"哇！先别那么快！"汤姆笑着说，"我有一个宏伟的想法，但可能不会成为现实，所以我们现在不谈那么远。"

他们飞回楚拉嘎后，汤姆与公司用无线电通话。他告诉爸爸这个奇怪的湖，还申请立即派一个专家过来做检波器测探。

"我知道谁是最适合的人选，儿子。我会立即和他联系。"

斯威夫特先生承诺,"事出偶然,哈伦·艾姆斯关于休·摩特雷克的情况要向你汇报,等一下。"

艾姆斯的声音从话筒里传来:"摩特雷克的信息查出来了,船长。弗鲁姆博物馆说他作为员工已经工作了十年了,他是A国领先的关于东方艺术研究的权威人士之一。"

汤姆谢过艾姆斯后,叹了口气。之后的飞行旅途中,他默默地寻思这个谜团。

到底是谁把死亡女神别针放进了摩特雷克的行李,还有为什么?汤姆没有头绪。

没过一会儿,年轻的发明家准备在楚拉嘎机场上降落。他们去皇宫的路上,他和巴德注意到整个小镇装点着鲜花,绘满了神灵和魔鬼的肖像。

"明天是法王的主要盛宴。"贾汉解释,"到时会有一个大型游行,晚上会有缤纷的焰火表演。"

汤姆没说话,一会儿后,他又回到蓝天女王用无线电给公司打了电话。

当他计划为晚上的消遣增加乐趣时,脸上露出大大的笑意。

当天晚上,汤姆坐在戈帕尔王子旁边。"听说你希望能从A国来一个专家。"戈帕尔礼貌地说,"过来找出死亡女神之湖的水源。"

"是的。贾汉王子已经许可了。"

第十章 空中表演

"你们找到水源之后呢,要做什么?你有净化湖水的计划?"

汤姆耸了耸肩:"也许有引进干净湖水的方法。但我现在还不好说。"

"太有趣了!"戈帕尔小声说,"但是我必须警告你们的是我们这里许多人都心怀恐惧,非常迷信。死亡女神之湖已经是死的了。你去摆弄这湖可能会招致严重的麻烦。"

"我不太懂你的意思。"汤姆皱起眉头。

戈帕尔说:"外面有了骚动。让人民不悦,王公可承担不起这个后果。"

汤姆惊讶地盯着首席部长:"你是说可能会有起义吗?但是贾汉王子看上去很得民心啊。"

"表象是会欺骗人的。总是会出现鲁莽的人来挑起事端。"

"我懂了。"汤姆若有所思地点点头,"我会记住你说的话,先生。"

第二天早晨,盛大的法王节以壮观的箭术比赛拉开帷幕。王公和大臣以及贵客一起坐在丝制的华盖下观看。

首先,弓箭手们列队入场,每个人扛着一端有灰色旗帜的旗杆,都穿着及膝盖的和服。所有人在王公和拉尼面前过去时都深深鞠躬。弓箭手后面跟着为场地、弓箭和靶祈福的僧侣们。传令官吹响1.8米长的喇叭后,比赛开始了。

每个队伍都有自己的医生和一群戴着珠宝跳舞的女孩们。这些女孩们一部分职责就是为自己的弓箭手唱赞歌，并且用语言击灭对手的威风。参赛者用竹子做成的弓和黄铜尖端的箭射中靶心。

"这好像是罗宾汉和天方夜谭混搭！"桑迪激动地对巴德说。

中场休息时，穿着黄色短裙的舞女们头戴羽毛花冠，跟随着鼓点、喇叭和铃铛声在场地中间旋转。比赛结束后，王公给胜利的队伍颁发了一袋金子。

"真是激动人心的表演。"汤姆说。

巴德补充说："我要是其中一支箭，我会恨死那条路的！"

吃完一顿有着猪肉、竹笋和红花饭的皇家午餐后，这些青少年赶忙来到露天广场。在这里，为走过山路来参加节日的农民们搭起了牦牛皮的帐篷。

饰品小贩、变戏法的、耍蛇人都在人群中招揽着生意。还有一个小型木制摩天轮，两个男人用手推来推去。桑迪、菲利斯、汤姆和巴德坐了上去，他们抓紧秋千一样的椅子坐上时，兴奋地尖叫着。

"这比我们回家坐的飞船还好玩！"菲利斯气喘吁吁地说。

两点时，这四个人回到了楚拉嘎参加盛大游行。整条街上到处都是五颜六色，列队从路上走过时，响起漫天的欢呼声。

第十章 空中表演

首先是戴着黄色帽子的僧侣，嘴里念着赞歌；音乐家吹着双簧管；寺庙的喇嘛戴着怪异的红色帽子，戴着耳垂，手里转着转经轮。他们后面跟着带着恶魔面具的舞者，他们跟着鼓点和锣声欢呼雀跃。

后面过来几个声音高昂的军乐团和士兵团。他们中间有H国人，有风笛手，还有穿着红色外套的皇家守卫，佩着前膛枪。

皇家大象走进人们视野时，人群中突然爆发出一阵欢呼声。

汤姆瞪大了眼睛。他透过喧闹声向巴德喊道："是我的错觉，还是乔真的骑在第一头大象上？"

"就是那个厨师。"巴德喊道。

乔戴着一顶宽边高呢帽，穿着高级马裤和红橘色牛仔衬衫，看起来光彩照人，他坐在自己最心爱的大象的脖子上。他转着套索还坐着魔绳术，引起了人群中一阵阵肯定的尖叫。

大象奇尼的象牙上带着金色的盖子，还戴着银色的脚链，还有织成锦缎的装饰品。它的象牙上还涂画出鲜花。

乔看到汤姆一行人后用一只手脱帽示意："嗨，大家，女士们，我表现怎么样？"

"太棒了！"桑迪回应他。

后面跟着更多的大象。上面坐着贾汉王子、戈帕尔王子，最后面是国王和拉尼。

乐师们吹响音乐的曲调，蹦蹦跳跳的"众神""魔鬼"殿后。游行还没有结束，人群就已涌上路面跳舞。

带着色彩的水撒得到处都是，汤姆和巴德身体都带着涂料的条纹。

"斯威夫特公司没有一个花车真是太遗憾了！"菲利斯一边走回游行的方向，一边笑着说。

"别太早就排除这个可能性。"汤姆神秘兮兮地回答。巴德和女孩们连续问了他好几个问题，但是他拒绝再做出回答。

下午快接近尾声的时候，一个斯威夫特喷气式货机在楚拉嘎的机场上降落。

汤姆收到了飞机到达的消息，赶忙去机场与来者碰面。飞机上下来一个年轻的地理学家，叫比尔·哈珀。

晚上一到，宫廷里的人们很快在皇宫外聚集起来看焰火表演。火箭横跨过天空，爆炸散发出光亮的火球，或者四处散发出星星或流星，带着色彩缤纷的彩虹。大型的焰火变成了喷火的龙、魔鬼还有怪物。

"汤姆怎么还没来？"菲利斯问她的同伴。

"再找找。"巴德说，环顾四周后，"他说他会在这里。"

突然，汤姆的声音从许多个扩音器中传出来：

"我是贾汉王子的一个朋友，来自A国，在这里向威士那

普尔人民问好!通过科学的魔力,你将会在自己的国家看到你们王子拜访过的地方。"

后面跟着其他声音,这些声音将汤姆的讲话翻译成H国语言。这时,一个貌似A国国会穹顶的东西在夜空中进入人们的视野。

"汤姆在用他的三维电视投影仪!"巴德喘了口气。这个神奇的机器可以在没有屏幕的情况下拍摄出任何大小的全彩三维图像。

天空中出现了摩天大楼遍布的城市、宽阔的高速公路、农田、工厂和学校,一个景象接一个景象。汤姆和他的翻译在一边做讲解。

当天空演示结束,下面是一片万分敬畏的寂静。然后突然爆发出一阵欢呼和喝彩。国王召唤汤姆,亲自对他表示感谢。

汤姆回到巴德和两个女孩的行列后,桑迪大呼:"表演太棒了。但是你是怎么在这么短的时间里做到的?"

"这没什么,妹妹。"汤姆笑了,"贾汉告诉我会有游行和焰火后,我联系了公司,让他们立刻送来了我的电视投影仪。旅行见闻是两个月前就为我国新闻处录制好的。"

那天晚上,两个男孩回到他们皇宫里的房间。汤姆打开房门,打开了灯,然后喘了一口气。

"天呐!"巴德发出一声嘶哑的低语。

一个毛骨悚然、长着四只胳膊的红色死亡女神就画在他们床边的墙壁上。下面有一行字:

不要碰我的湖,否则你会死!

第十一章　驶入险境

汤姆和巴德一起走过去仔细检查这个奇怪的警告。这个死亡女神的牙齿里看起来像在滴血,她的脖子周围画着一圈头骨串成的项链。

"啊!睡觉前看着这个真是毛骨悚然啊!"巴德嘟囔道。

汤姆的下巴冷静地一动不动:"我们最好告诉戈帕尔这件事。"

汤姆找到一个仆人,让他匆匆忙忙赶去告知首席部长。戈帕尔来到男孩们的房间。看到这个邪恶的画,震惊的表情从他的脸上闪现。

"这是什么时候的事?"他问。

汤姆回答:"我们晚饭后回到房间时候看到它就在这儿了。"

"无疑那就是在焰火表演的时候画上去的。"戈帕尔说,"许多守卫和仆人都离开工作岗位去看天空景观了。作案者可能破窗而入。"

"我觉得看起来更像是土匪所为。"巴德插话,"可能与偷走桑迪的死亡女神别针还攻击了贾汉王子的是同一伙人。"

"可能你是对的。"戈帕尔表示同意,"我怕这是招致更坏麻烦的第一个暗示。"

汤姆说:"你真的把这个警告当真了?"

"嗯,当真!"戈帕尔直截了当地说,"我告诉过你摆弄死亡女神之湖可能会招致人民的起义。现在看似你的性命都已处于危险之中了。"

首席部长来回踱步,捻着自己的胡子。然后他对着汤姆说:"我相信你现在可以重新考虑你那个有勇无谋的计划。"

"和我昨晚跟您说的一样,先生,我没有做任何计划。"这位年轻的发明家冷静地回答,"我掌握了关于湖的更多数据之后,其他发生的事将会取决于贾汉王子和国王。"

戈帕尔暗色的眼睛发出愤怒的光亮,但他说话时,他的声音冷静而礼貌:"好。但是你要知道你在冒多大的险。晚安,先生们。"

首席部长大步走出了房间。很快一个仆人进来清理掉墙上这幅阴森森的画。他既紧张又害怕。

男孩们准备好要睡觉时,巴德咯咯笑了:"我知道你是个多么固执的笨蛋,我相信仅仅一个死亡的威胁不会阻止你的吧。"

"巴德,这个国家的农民看着不像粮食储量足的。"汤姆

回答，"如果净化湖水能为更多人开辟农田，我就不管死亡女神还有她的帮凶，只管一心向前。"

第二天早晨，汤姆将这件事汇报给贾汉。王子听到这个威胁皱起了眉头。他沉默了几分钟，然后说："那片山谷如果有干净水源灌溉，能给很多人提供口粮。我不怕一些盲信者，但是要考虑你的生命安全，汤姆。"

"如果你愿意继续下去，我也愿意。"

"那就这么说定了。"

汤姆告诉地理学家比尔·哈珀他们十点钟乘坐蓝天女王。一会儿后，摩特雷克在皇宫的走廊里与汤姆搭讪。

"我听说你要向北方去。"这个考古学家问，"你能带我去商羯罗吗？"

"应该能吧……如果你得到许可的话。"

"那就说定了。"摩特雷克向他保证。

其他受训者急切地想陪同贾汉王子和这个年轻的科学家一起走。一行人登上飞行实验室后，摩特雷克匆匆来到机场，后面跟着两个皇宫仆人拖着他的行李。

"你要和我们一起去吗？"拉克西问道。

"汤姆·斯威夫特已经好意地答应我将会在半途中把我送到商羯罗。"摩特雷克解释道。

"商羯罗？"拉克西的眼睛发着光亮，"对不起，我的朋友，你误会了！那个地方已经被封了，以防外国的寻宝者偷窃。"

"请注意！安静！"

拉克西转身发现一脸怒气冲冲的贾汉正好站在他的面前。

"摩特雷克先生已经经过我的许可，可以去调查商羯罗的废墟。"贾汉冷冰冰地说，"立即向他道歉，而且以后再也不能以这么不礼貌的态度对贵宾讲话。"

拉克西郁闷地听从。

汤姆和机组人员预热了原子直升机，这架大飞机很快就会起飞。从楚拉嘎离开一会儿，飞船就停在了死亡女神之湖附近棕灰色的山谷中。比尔·哈珀在装卸他的装备时，汤姆对贾汉王子说：

"比尔安装好他的接收器，进行探测还需要好长一段时间。我送摩特雷克先生去商羯罗时你想随我们一起去吗？之后，我想在山脉之间巡航漫游，试着找出湖水的源头是哪一条河流。"

贾汉一听有机会从空中看到宏伟的土城墙十分激动。"法王附近的山脊从没出现在地图上。"他告诉汤姆，"确切的边境线位置与我们北面邻国还存在争议。"

一番安排后，其他的学生工程师和巴德留在湖边帮助比尔。在女王起飞前，巴德在一边悄悄对汤姆说："你出去找的不仅仅是一条河吧。"

汤姆点点头："也许加上火箭船基地。"

"祝你好运,伙计。多加小心!"

汤姆掠过崎岖的悬崖峭壁和山谷,很快把摩特雷克送达商羯罗。这片历史遗址上唯一一处废墟就是倒塌的墙壁和柱子。除了不远处牧民的小屋,这个地方似乎没有人烟。

"你确定你在这里会没事?"汤姆问。

"非常确定,谢谢。"摩特雷克一边握手告别一边回答,"我带了帐篷和足够的物资,够用上几周。"

"敞篷车常从这里路过。"贾汉王子补充说。

"好吧,我留给你一个双向无线电设备。"汤姆告诉这个考古学家,"如果你陷入麻烦,用这个东西,你总能联系到楚拉嘎。"

飞行实验室再次起飞。商羯罗位于威士那普尔的东南边,但死亡女神之湖位于西北边。汤姆决定沿着弧线巡游回去,这样就能路过高耸的法王山脉的心脏。

汤姆看到这山景心里充满了敬畏。磅礴的峰顶冰雪覆盖,闪闪发光,仿佛在他们的前方不断延伸,无穷无尽,雄伟壮观显露无遗。

"风景太美了!"汤姆低语。

"现在你能理解为什么许多子民供奉山神了吧。"贾汉回答。

汤姆点点头,让飞船穿过云层去探索峡谷、山谷和山脊。他时不时地,看到山里人的营地或者村落。除了这些,这个地方几乎没有人迹。

突然，一个像哨声一样尖利的声响划破了天空！汤姆猛地抬起头。一条色彩鲜艳的排气尾迹挂在天空，很快就消失在他们身后的左侧。

"导弹！"汤姆倒吸了一口气。他装备起喷射直升机，让女王向上飞去。

贾汉吓得瞪大了眼睛。"又来一个！"他大叫，指着四点钟方向。

砰——砰！一团耀眼的火光布满了天空。导弹穿过高温的排气尾迹后爆炸了！蓝天女王摇晃起来，然后又恢复到稳定的路线。

年轻的发明家开始加速，汤姆和贾汉都没有说话。一会儿，王子缓过神来，低语道："真是死里逃生！我们肯定侵入了北面邻国的领空！"

汤姆看着他的航行图表，内心却欢欣鼓舞。他们已经到了有争议的边境区的南面。他肯定导弹追踪他们是出于另一个原因。蓝天女王必须要靠近敌人的秘密火箭船基地！

他们继续飞行，汤姆近距离扫描了这里的地形。峰顶和山脊变得越来越平坦。这时，汤姆看到了闪着银色光彩的流水。他猛冲了下去，透过电子双筒望远镜研究着这片景观。

"十有八九我们找到了死亡女神之湖的水源。"

他能看到一个大瀑布，水源来自山上的积雪。水从陡峭的坡上流下来，下面的石头在遍地的裂缝中消失。汤姆怀疑这地

第十一章 驶入险境

下水流肯定一路流到湖底的某个地方。他打开按钮，一个航空照相机开始拍照。

几分钟后，女王在湖边降落。比尔·哈珀刚刚看完了示波器录像。

"你的直觉是对的，汤姆。"他汇报，"这条河通过湖底中心唯一一个缺口涌上水来。水源来自一条穿过基石的地下河。这条河流经南面的山里时达到了湖面的水位。这就是为什么这片水域从来不溢出的原因。"

汤姆的眼里激动地闪着光亮："那么我肯定这个湖是可以被净化的！"

"怎么净化？"贾汉王子问。

"用一个安装在太空船上的巨型透镜来蒸发有毒的湖水！"

第十二章　猎虎行动

听到汤姆说的话，大家都惊奇地盯着他。

"天空中一个巨型的透镜？"贾汉重复道，"这种事情肯定不可能！"

"我不是说玻璃透光镜。"这个年轻的发明家微笑着说，"这个透镜遵循电磁学原理。"

汤姆还没来得及解释，蓝天女王上的一个机组人员匆匆走了进来。手里拿着一张刚刚冲洗的大幅照片。

"船长，看这个！"

汤姆转过身："哦，嗨，维克！那些图片都好了吗？"

"还没有……但是这张有些古怪。"

汤姆接过这张大照片。他的脸上出现了一丝困惑。这是大瀑布附近的山坡上一部分的放大图。飘落的积雪上可以看到奇怪的脚印。

"天呐！"汤姆低语，"谁或者什么东西会留下这样的脚印？"

"我也想知道。"维克回答。

"让我看一下。"巴德急切地说，盯着汤姆的肩膀。然后他大呼："天啊！这是野兽，鸟类还是大鱼？"

雪地上的痕迹有几分像猿的脚印，但是这个脚趾很长，像爪子，好像还带着脚蹼。

"看着是巨型的。"巴德继续说，"它们会有多大，维克？"

"很难说。"这个机组人员说，"从放大倍数上看，我猜能有人类脚印的两倍大。"

贾汉和其他人也盯着照片看。他们脸上显出奇怪的表情。

"雪人脚印！"琼低语。

"那是什么？"汤姆问。

"这就是你们所说的喜马拉雅雪人。"贾汉王子解释。

汤姆和巴德惊讶地交换了眼神。他们两个都常常读到关于奇怪的、像猿人的生物，据说居住在喜马拉雅山深处。汤姆又有一个想法。这会是湖怪留下的脚印吗？

"巴德，我们坐滑行船去看看能不能跟踪到这些脚印！"他提议。

"太棒了！我一直都想见见雪人！"巴德滑稽地倒吸一口气说。

滑行船是一个小型直升机,放在飞行实验室的机库舱里。两个男孩把它滑了出来,坐了进去,朝着山里的大瀑布飞去。

他们到达这片地方后,汤姆在低处四处浏览,直到找到了脚印,然后跟着脚印。这痕迹起先很容易看到,但是到接近树木的地方或者积雪变得稀薄时,奇怪的脚印就再也看不见了。汤姆说出他的想法,这个动物就是当地人常说的湖怪。

"这能证实他们的说法。"巴德表示赞同。

冰上滑行船回到湖边,男孩们说了他们飞行的成果。比尔·哈珀汇报说他研究了山里大瀑布的其他照片。他也肯定这就是湖的水源。

"你还没有跟我们说呢,汤姆。"贾汉急切地说,"你说用一个遵循电磁学原理的巨型透镜是什么意思?"

"还记得我展示的静电场装置吗?"汤姆回答,"我说这个电场可以被改造成电磁辐射的反射镜。嗯,我会将我的装置对准太阳发射,再用正确的曲率改造电场。我肯定能使它放射出足够的红外线辐射来蒸发掉湖水。"

"但是,这个湖很大。"一个叫迪林的学生说,"蒸发掉这么多的水将需要大量的能量。"

汤姆开始粗略进行一些快速算术,然后得出了答案:"保守估计,我能在六个小时内把所有的水蒸发掉。"

"太棒了。"贾汉王子说。

拉克西脸上闪过一丝不怀好意的微笑，插话说："但是不会有更多的水从地下河里涌上来吗？"

"我先把进口堵上就不会了。"汤姆平静地回答，"等所有的湖水都蒸发完，我可以用海底光谱过滤器的机器清除所有的有毒沉积物和植物。然后再拿掉塞子，让湖水再次充满，这样湖里就都是干净新鲜的水了。"

这个年轻的亚洲工程师为汤姆·斯威夫特的惊人计划鼓起了掌。

"你愿意接手这个工程吗？"贾汉问汤姆。

汤姆的手指在头发上抓了几下，思考了一会儿。"愿意，但是它只能排在火星的火箭任务之后。那你父亲的许可呢？"

"我们今晚去征求他的意见。"贾汉说。

飞回楚拉嘎的路上，汤姆用无线电联系上家里，问爸爸他的火箭回收器和承载飞船的进展。斯威夫特先生告诉他所需用具都已经接近完工，下周一准备试验飞行。

汤姆向爸爸描述了他净化死亡女神湖水的计划，年长的科学家对这个工程表示同意。"如果你的计划能实行的话，你可以在那个地方为我国赢得很多朋友。"斯威夫特先生指出，"另外，你在过去的十二个小时里有没有看国内新闻？"

第十二章 猎虎行动

"没有,爸爸。怎么这么问?"

"我国一颗科研卫星,伊欧诺斯二号从太空中消失了。"

"消失?"汤姆重复,"怎么回事?"

"没有人知道。"斯威夫特先生回答,"我们用雷达在全世界的追踪站找,但是显然找不到。当然,也可能是被一颗流星击中后脱离了轨道,然后在大气中燃烧了。"

"那种强烈的直接撞击的概率也很高的。"汤姆说。父亲表示同意。

年轻人困惑地皱起了眉毛,叹了一口气。

那天晚上,年轻的发明家接见了特殊的贵客,国王克里希那。贾汉王子和戈帕尔王子也在场,听汤姆详细说明他惊人的计划。

国王专注地听着,看似很受打动。汤姆在说话时,他鹰似的眼睛盯着他,从来没有离开过这个年轻的发明家的脸。

"说实话,这个计划很大胆,斯威夫特。"国王深思,皱起眉毛,轻抚自己的胡子,"但是湖水蒸发时不会把毒素带到地面上吗?"

汤姆摇摇头:"不会。蒸汽会上升,很快在大气中消散,把毒素都留在湖底。"

"嗯。如果这片山谷能够变成农田,对我们食不果腹的山民来说就是大恩赐了。"国王转过身看着首席部长,"你怎么看,戈帕尔?"

"我也十分敬佩斯威夫特科学上的大胆性。但是我们的人民很迷信，害怕死亡女神的力量，我不确定——"

皇宫外的骚动的声响打断了他的话。贾汉王子大步走到朝向阳台的百叶窗门前。汤姆和其他人也跟上来。他们走了出去，汤姆看到一群衣衫褴褛的人们聚集在下面。他们在大声喊叫，挥舞手臂。汤姆只能听懂他们疯狂喊出的声音：

"死亡女神！死亡女神！死亡女神！"

戈帕尔让拉詹、贾汉、汤姆和巴德往里面走走。然后自己向宫廷守卫喊了一些话。本来下面有扭打喧闹声，但很快恢复了平静。

"发生什么事？"汤姆问贾汉。

"你的计划泄露了。暴徒们大喊如果死亡女神的湖水枯竭的话，她会被激怒的。"

戈帕尔从阳台上走了回来，表情很糟糕："斯威夫特再继续他的计划可能很不明智。"

贾汉反对说："一小群迷信的暴徒不应该阻挡威士那普尔的进步。"但是王公挥了挥戴着珠宝的手，让他不再说话。

"斯威夫特的计划很好。但戈帕尔的建议也要严肃对待。我一会儿再做决定。"

汤姆感到十分失望。但是他看到贾汉并不害怕对父亲的决定提出异议。

王公克里希那面带微笑，礼貌地看着年轻的发明家："请不要觉得我们不赞同你的计划。作为你到此拜访的最重要活动，我下令明天举行一次狩猎来表达对你的敬意。附近一个村民说他曾看到一只老虎。"

汤姆面露尴尬。他和父亲都不猎杀野生动物，但是他不想拒绝王公的邀请。他有策略地说比起枪，他更喜欢相机。王公克里希那答应会安排汤姆在打猎时摄影。

桑迪和菲利斯也在邀请之中。但当汤姆向她们解释那是什么时，女孩们表现出憎恶。"拉尼明天举行茶会。"桑迪说，"所以原谅我们不去了。"

第二天早晨，皇家狩猎一行人坐着大象来到楚拉嘎附近一个低地村落。村长报告说："老虎在前几天咬死了两头母牛和一头公牛。可以看到老虎刚留下的脚印，脚印延伸到丛林之中，那一头是狭窄的小山谷。"

戈帕尔王子是一个高明的猎人，负责这次打猎活动。他命令村民与当地猎人们骑着大象进入树林，拿着棍子和盆子一路敲打，把老虎从山谷间赶出来。王公、贾汉王子和戈帕尔自己坐在狩猎台上，这是在山谷另一头搭建在树上的平台。他们携带步枪，在老虎要逃跑时随时准备射击。

"那汤姆和我呢？"巴德问。

戈帕尔王子说男孩们会被安置在狩猎台正前方的一只大象上，所以他们在老虎被猎杀之前有充足的时间可以拍照。乔一路上都坐在奇尼背上，想要男孩们和他一起坐一头大象。但是戈帕尔说只有更有经验的管象人才能应付得来。

打猎在进行中，汤姆和巴德的大象笨重地走到地方。男孩们坐在一个像箱子一样的打猎用的象轿上，连着一条到象背的绳子。

"这个象轿好像松了。"巴德看到这个用具前后摇来摇，去抱怨道。

两个男孩检查了电影摄像机。汤姆转身透过望远镜盯着几百米之外的狩猎台看了一会儿。

男孩们坐的大象站在茂密的灌木丛中。这时，汤姆和巴德能听到老虎穿过丛林山谷的脚步声。男孩们的心跳加速了。

"老虎！"巴德大叫。

这只奔跑迅速、橙黑相间的老虎从他们前方距离较远处突然蹦了出来，他们的相机都呼呼带风。

突然，大象痛苦地晃动身体，后脚站立，暴跳起来。两个男孩从象轿中被扔了出去，正好掉在老虎逼近的路上！

第十三章　致命之刺

尽管汤姆头昏目眩,但还是仓促站了起来。巴德躺在附近,目瞪口呆。

男孩们的大象不听从管象人尖声的叫喊,笨重地走向山坡,象轿歪斜的角度非常大。

汤姆口干舌燥。庞大的老虎正以快速有力的步伐奔过来,它翠绿色的眼睛邪恶地瞪着年轻的发明家。

"没有拯救巴德的时间了。"汤姆努力冷静地思考着。

突然,他想到听说老虎一般不攻击人类,除非它饥饿到需要吃人的地步。

这个野兽发出令人毛骨悚然的咆哮。汤姆站在巴德身旁,挥舞胳膊,对它大声喊叫。老虎掉头了。

一瞬间后,老虎不知道从哪里又突然蹿了出来。汤姆看到一根又粗又长的刺插在它的下颌!恼怒的老虎疼得翻滚,四肢着地趴在那里,发出痛苦和愤怒的咆哮。突然一声吼叫,它向两个男孩扑了过去!

这时,汤姆听到一声嘶哑的大叫,看到另一只大象笨重地走下对面的山坡。乔骑着奇尼!老虎停住了,快速看了一眼,然后逃向了山谷。

这时,王公、贾汉和戈帕尔已经一同从他们树上的平台上下来,赶过来帮助汤姆。老虎意识到自己跑进了新的危险之中,但已经太晚了。

贾汉打响了步枪,然后戈帕尔也开了一枪,这只大老虎倒地了。

汤姆全身冒着冷汗。他要去拥抱从大象背上晃晃悠悠下来的乔。

"要是我的转轮枪在就好了,我觉得你应该骑着奇尼!"乔含糊地说,"行吗,头儿?"

"当……当然,我都好。帮一下巴德。"

贾汉、王公和戈帕尔王子从丛林中急急忙忙赶过来会合。巴德很快缓过了神,只是头上多了一个肿块。他笑着听他们说他从老虎口下捡回了一条命,心怀感激。

这时助猎者从树林中出现。汤姆和巴德的管象人也步行回来了,一脸惭愧,牵着自己的大象。戈帕尔王子怒气冲冲地呵斥了管象人。

管象人乞求道:"求求你,先生……我没办法了!是砍特杜卡让大象变成这样的!我从它的象鼻里取出了这个。"他拿出一根又细又长的刺。

第十三章　致命之刺

"砍特杜卡是什么？"巴德问。

"一种箭猪。"贾汉翻译道，"老虎肯定也碰上了一支箭猪。"

"我觉得这会让一头大象抓狂。"乔说，"象鼻十分柔软。"

"这些都不是象轿变成那个样子的借口！"戈帕尔王子说。然后他愤怒地质问管象人，贾汉在一边翻译："为什么周围绳子没有系紧，你个笨蛋？"

这个畏畏缩缩的管象人紧紧握着自己的手："我不知道，先生！我们离开时还是死死的。是我亲自系上的。"

"那么你就要为它后来变松了付出代价！"戈帕尔呵斥道，"你应该受鞭刑！"

汤姆为他求情，让他不受惩罚，戈帕尔王子不情愿地同意了。管象人感激地向汤姆跪了下来。

王公说："斯威夫特，你是个勇敢的年轻人。"

"我吓得不知所措了。"汤姆坦率地说。

"但你站在朋友的身边，面对着一个展开攻势的老虎。这个管象人乔在营救你们的过程中也表现出极大的勇气。"

乔被赞美之言夸得有点不舒服。"这没有什么了不起的，我在这头大象上很安全。"他含糊地说。

王公克里希那继续说道："为了奖赏你们的英勇作为，斯威夫特，我决定你可以继续进行你的计划，蒸干死亡女神之湖的湖水。"

汤姆的眼睛激动地闪现出光芒:"谢谢,殿下!"他大呼,贾汉热切地拧了拧自己的手。巴德拍了拍他的背。

被猎杀的老虎装上大象后背后,汤姆在丛林里漫步。他好像在欣赏这里的野兰花,倾听野猴的聊天。

但是巴德注意到在狩猎人走回村庄的路上,他一直都很沉默和专注。

"你在想什么,伙计。"巴德低声说,"你不是真的在赏花,是吧?"

汤姆摇摇头:"不是,我在找人可以藏身的地方。"

"藏身?"巴德眯起了眼睛,"为什么?"

"那些箭猪刺又直又硬。"汤姆说,"可能是从吹箭筒里出来的,为了让我们的大象激动,然后惹怒老虎。"

"哇!你的意思是想杀了我们?"

"有可能。把象轿的周围绳子弄松的和这个可能是同一个人。"

巴德低声吹了声口哨:"但是会是谁呢?"

"问得好!如果我们知道是谁,我们也许就能知道间谍阴谋的指使人。"

那天晚上,皇宫里举行了一场盛宴来庆祝这次狩猎和节日的尾声。周日,他们互相告别,还答应会很快再来。

汤姆一行人和受训者们飞向了A国。

同一天在肖普顿的归国晚餐上，斯威夫特先生告诉汤姆他的火箭回收器飞船已经准备完毕，运往了费林岛去试飞。他还说：“报纸上、电视上的人们都要求观看，所以我们明天下午在基地安排了媒体见面会。”

"希望不会再有窃听器！"汤姆笑着说。

周一清晨大早，他和巴德一起飞往费林岛，迫不及待地想看看自己的发明。

从侧面看，这个新的飞船好像一个平面、倾斜着的新月——它的角冲着上方和后面。较低的角一直延伸到船尾，形成了飞船的尾巴，船尾处带一个大型晶体球。在上面的角上是一个泡泡型的观察舱。

"真漂亮，汤姆！"巴德评价完，指着几个碟型的天线问道："这些是斥力捕集器吗？"

"对。火箭或者其他太空的物体被收集之后就会被放在那里面，在机身弧线的部分，有磁性钩绳可以让其留在里面。"

"命名了吗？"

汤姆笑了："嗯，你知道，船尾的双层晶体球是我的静电场设备。我决定把这个部件叫'接闪器'，或者'极地之光接闪器'。谢谢你了，伙计。你记得我演示这个设备的时候你叫它'极地之光'吗？"

第十三章 致命之刺

两个男孩走进飞船的飞行舱。汤姆在控制台上通过了巴德的身份验证，这个操作台很像挑战者号的操作台，但是更简单一些。他们爬上一个金属梯进入观察舱。

"接闪器和斥力捕集器会在这里操作。"汤姆一边给巴德展示电子操作台，一边说，"这个和飞行舱里一模一样的面板是为了应急用的。"

"听起来真棒！我们让它飞一下吧！"

两个男孩迅速回到主甲板上，各自在操作台边找到位置。汤姆呼叫基地通讯处让船体脱离，然后打开电源。元素选择器表盘上的灯亮了起来，当汤姆用主驱斥力获得地面推力时，舱内全是低低的嗡嗡声。

同时，奇怪的新型飞船试验飞行的消息像野火一样迅速传播了出去。

一群群机组人员从工作室和飞机库里走出来看飞船起飞。当飞船飞向空中时，地面上响起一阵阵喝彩声。

两个宇航员在大气层上翱翔，他们环绕海洋和大洲飞行了三圈。

巴德激动万分："这是一艘梦想之船，船长！你说在火星的火箭回收后，你要把它转交给政府吗？"

"是，巴德。它能用来打捞失效的卫星和其他太空垃圾。"

"我们不能留着，真不幸。"巴德遗憾地说。然后他笑着说:"哈,我刚想到一个名字,飞行收垃圾车!"

他们着陆了,汤姆还在笑着。男孩们从飞船中爬出来,一群工程师和技术员们问候他们,急切地想要汇报情况。斯威夫特先生也在其中。

"一路都很顺利!"汤姆说。

"太好了,儿子。"

下午,年轻的发明家为新闻影片和电视镜头摆姿势拍照片,还回答了记者们接二连三的问题。在汤姆的要求下,贾汉王子和其他威士那普尔的受训者们乘坐蓝天女王来到小岛上,看一眼这个飞行收垃圾车。

之后,汤姆、巴德和其他人在飞行实验室的休息室吃晚餐。

"明天巴德和我一起再去测试一次接闪器。"汤姆宣布,"我们会试着召回一个气象卫星,算是为收回火星的火箭做一次试演。你们想观察一下吗?"

贾汉和他的同胞急切地接受了邀请。

"那么今晚睡在女王的船员舱。"汤姆告诉他们,"只有一个请求:请记住实验室是禁止进入的。我会在那里工作。汉克·斯特林送来了一些接闪器的蓝图,我想今晚仔细看看。"

之后,汤姆先离开了,走进了飞船的实验室。这时已经快午夜了。他的客人们去休息了,但为了确保他们休息了,汤姆

查看了船员舱。他离开后走向火箭底部他和巴德两人的睡眠区。

"如果哪个威士那普尔人试图做诡异的事,我会用我的特殊设备将他抓个正着。"年轻的发明家一边想一边钻进了被窝。

第十四章　被劫卫星

第二天早上，汤姆和巴德回到蓝天女王和受训者们一起吃早饭。饭还没有吃完，汤姆先离开了。

一会儿后，他拿来一只带着反射镜和电线的便捷式黑玻璃小灯泡。他把灯泡插上插座，让乔拉上窗帘，并关上灯。

"你要向我们展示你的实验吗，汤姆？"贾汉王子饶有兴趣地问。

"是，算是一个预知未来的实验。"

年轻的发明家让每个人把自己的手放在桌子上。然后打开了便携式黑玻璃小灯。客人们惊讶地欢呼着。桌上的一双手闪着绿色的光亮！

"那双手是谁的？"迪林问。

"拉克西的。"琼说，"这是什么意思呢？"

汤姆让乔再打开灯，然后回答道："恐怕这意味着拉克西的前程不太光明。注意，他是个间谍、小偷，并且可能就是陷害贾汉王子的人。"

第十四章 被劫卫星

拉克西跳起了脚,脸色苍白,全身发抖:"你怎么能这么谴责我呢?"

"别浪费口舌了。"汤姆冷冷地说,"你手上的发光染料是从实验室接闪器的蓝图上沾来的。那些蓝图是假的。我只是用来当作诱饵。"

拉克西突然咆哮起来,但是贾汉王子直接地让他闭嘴。

汤姆继续说:"拉克西,如果你无罪,就不要介意我们调查你。怪不得你总是戴着一个微型摄像机,拍下你在基地里看到的所有图片。你偷偷摸摸溜进去看蓝图的时候,也许你也已经拍了照。"

巴德走向拉克西。但这个年轻人挥出了一把薄薄的、弯曲的匕首。他的眼睛里放着光,他发出嘘嘘声:"谁挡我,我就让谁死。"

拉克西跑向门口,乔本要去阻止他逃跑,但汤姆大声说道:"不要,乔!让他跑!"

这个厨师发怒了:"头儿,你不会让那个响尾蛇逃跑的,是吗?"

"我觉得他会发现逃走有多难。"

汤姆快步走向窗户,拉开了窗帘。其他人也跟了上来。这时,拉克西正在机场上奔走。两个小飞船停在机场,还有一架直升机、一架小型斯威夫特飞机,叫特种鸽子。拉克西跑向直升机,跳了上去,飞行旋翼转动了起来。

汤姆拿出口袋里铅笔型无线电设备，接通了无线电塔。他对其他人说："出去吧，我们去看看会发生什么事。"

一行人从女王的登船梯上爬了下来，凝视着天空，他们看到拉克西的直升机在高空盘旋。几架小无人机在蓝色天空中绕圈子。一架无人机从队形中离开向下冲向直升机，发出尖利的声响。

"他死定了！"一小会儿后，巴德大喊。

拦截无人机突然倾斜开始向机场滑下去。直升机也无助地掉了下来。

"怎么做到的，汤姆？"贾汉问。

"用我的一个发明，叫迫降器。"汤姆冷静地解释，"这个设备是通过无线电塔控制的。"

直升机着陆时，几个安保人员向机场冲过来。拉克西激烈地抗争了一番，但很快被制服，戴上了手铐。汤姆、艾姆斯和贾汉一起去基地的安全部质问罪犯。

和汤姆怀疑的一样，拉克西被查出携带微型摄像机。但是任何一种拷问都没有动摇他满是蔑视的沉默。

艾姆斯憎恨地说："严密监视他，然后再转交给相关部门。"

贾汉和汤姆离开安全办公室时，王子问："拉克西会怎么样？"

"我们有充分的证据可以把他当作间谍送进监狱。但是有

第十四章 被劫卫星

些情况下，间谍可以被遣送。也许A国国务院可以做到。"

"我的父亲肯定倾向于这种。拉克西是我们的国民。他为我们人民抹黑，让人们看到他为自己的罪过付出代价是我们的责任。请你放心，在威士那普尔，他会被严惩的。"

"我相信A国国务院会理解和合作的。毕竟，我们的政府关系友好。"汤姆使他放心，"但是记住这场阴谋背后的主使可能在你们国家逍遥法外。苏萨克什么都没说就死了。"

"我的叔叔戈帕尔无疑是知道怎么让拉克西张口说话的。"

很快，斯威夫特夫妇、桑迪和菲利斯一起到了岛上，来看看男孩们怎样针对回收卫星进行测试飞行。

"桑迪想给这艘新飞船命名，汤姆。"斯威夫特先生说，"她和菲利斯选好了名字。你觉得怎么样？"

"没问题。"汤姆笑了，"肯定比飞行收垃圾车要好。"

他们坐车到发射区，桑迪打开一瓶姜汁汽水。其他人和她一起走近飞船。桑迪漂亮地挥舞了一下，瓶子在机身上破裂。

"我命名你为'漫游者接闪器'，简称'接闪器'！"

"漂亮的名字！"汤姆笑着说。

温馨告别之后，男孩们准备起飞，很快漫游者发射出平稳的斥力光束，飞入了高空。

宇航员们一千米一千米地不断加速上升。很快，飞船外的大气变得稀薄。早晨的阳光随之深入蓝黑色，虚无太空变得暗淡下来，星星在四周远远地闪烁。

他们升到800千米高度时，汤姆熟练地将飞船引上轨道。然后锁上控制台，面对着巴德。

"好，飞人，我们开始钓卫星吧。"

"太棒了！我迫不及待想看你撒下静电场渔网了！"

他们爬到观察舱，汤姆开始调试接闪器控制台上的一排排刻度盘。他对巴德解释说，他是在提供卫星的轨道位置，这样卫星就能进入观测电脑中方便自动瞄准静电场。

他点击了一个开关，转动了几个旋钮后，漫游者接闪器上巨大的晶体球尾巴发出蓝绿色的光芒。

"太美了！"巴德充满敬畏，倒吸了一口气。然后他笑了，"看着好像是我们把飞行收垃圾车连在了星星上，现在需要做什么？"

"看着它把培根带回家，希望它能做到。"

几分钟过去了，男孩们专心地等待着。

"船长，我还是很纳闷你为什么让拉克西下了'蓝天女王'。"巴德停了一会儿后说，"我觉得你这样做肯定是有原因的。"

汤姆点点头："我很好奇，想看看他会上特种鸽子还是直升机。"

汤姆还没有继续，巴德就跳了起来，激动地指着远处一个发光的物体："来了，伙计！"

第十四章 被劫卫星

男孩们抓起望远镜。令巴德意想不到的是,汤姆表现出的不是设备已成功的高兴,而是目瞪口呆地盯着快速靠近的卫星。

"哪里不对吗?"巴德问。

"你说对了!这不是我们的卫星,巴德!"

"什么?你确定?"

"确定。我们要找的是海洋浮标的形状,有四个像翅膀一样的太阳板。这个东西有个八边形的仪表箱,两边直接冒出两个刀片,下面有一个碟型天线。"汤姆抱怨道,"我觉得我们捕到了一个C国卫星!"

"C国?哇!"巴德知道这个国家一直是A国和斯威夫特家在太空方面的竞争对手。它的宇航员曾试着捕捉幽灵卫星,而且也超过汤姆先到达了月球。"这是怎么回事,船长?"

汤姆已经开始检查问题:"只是运气不好。它的轨道路线肯定和我们的场有交叉的地方,所以卫星被我们拉了过来。"

这时,卫星已经足够靠近,肉眼已经能看得到。时间一秒一秒地过去,它正在向漫游者猛扑过来。汤姆关闭了电源。用斥力捕集器使卫星减速,用磁性钩绳将它麻利地收进了机身的弧形部分。它铝制的支柱和黄金的仪表盘反射着色彩夺目的太阳光。

汤姆在观察舱研究了这个卫星:"C国,好吧。肯定是最近发射的一个轨道空间实验室。我们的追踪器发现它没有到达恰当的轨道。"

"乱七八糟!"巴德低语,"C国可能会把他们的失败归罪到我们身上!"

汤姆的大脑高速运转。除非他能想出脱离困境的方法,不然会导致一件国际事件的发生!他匆忙跑了下去,用无线电联系乔治·迪林。

"把这个C国卫星的全部轨道数据都给我!要快。"他下令,"特别是关于它原本的轨道数据。他们在意识到失败之前公布了所有信息。"

几分钟内,迪林收到了来自公司数据库中心的信息,并发送给了漫游者接闪器。

"谢了,乔治。"汤姆回复道,"还有一件事,将一个三维电视投影仪尽快运到费林,然后让男孩们在我们的电视影片室录制一个三维标志给我,用C国语言。拿一支笔,我来用英语口述。"

巴德一边听一边笑了起来。

汤姆口述完后,发动了接闪器,加速向前进入了C国卫星正确的轨道路线。达到合适的高度后,他释放了磁性钩绳,用斥力捕集器操纵卫星准确地到达位置。

"干得漂亮,船长!"巴德说。

不一会儿,漫游者接闪器就返回了地球。他们降落在费林

时,亚弗·汉森开着装着电视投影仪装备的卡车正在加速行驶。

"消息已经传了出去,船长!"亚弗上气不接下气地报告,"C国人正在追踪你和他们的卫星,他们已经搞清楚了所发生的事。你应该听一下他们关于汤姆·斯威夫特盗用他们的超级太空实验室的宣传报道!"

汤姆苦笑:"既然这样,就别让他们等我们了。"

装上装备后,接闪器再次起飞。这次汤姆直接朝着C国首都上空的轨道位置冲去。他在这打开了电视投影仪,把它瞄准地球的方向。

C国首都的交通阻塞,人们一群群地聚集起来,伸长脾子看着天空。一个发光的红色、白色、蓝色字母的巨大标志出现了,从几百千米外都能看见:

汤姆·斯威夫特对意外捕捉你们卫星事件道歉。你们的卫星未能在恰当轨道上运行,因此被我们实验的力场所偏移。你们的政府还没有发布相关消息。为了弥补这次意外事故,我们已将卫星移置正轨。我们很高兴能帮助C国朋友完成此事,也为你们带来A国人民的美好祝愿!

巴德捧腹大笑。"给他们上了一课!"他说。

他们在费林着陆时,斯威夫特先生也在场问候年轻的宇航员。"祝贺你,儿子!"他对汤姆说,"为了这个自由的世界,你把一场危机转化成了成功的宣传!恐怕今晚C国有人气得满脸通红吧。全世界都在笑这件事。"

"他们会去联合国抗议吗,爸爸?"

"不可能。"年长的科学家笑了,"我们的国务院能确信,这件事就这么过去他们就已经乐开花了。C国的独裁者害怕再有抗议,会有更多来自A国的简讯!"

第二天早晨,汤姆和巴德再次起飞,再一次试着将A国废弃卫星收回。这次,试验完美进行。汤姆一边把发光的卫星缓缓地暂停,固定在了飞行收垃圾车里,一边满意地笑着。

"到目前为止,一切进展顺利。"他说,"现在只要……"

"汤姆!看!"巴德突然激动地指着左边叫道。

一个尖尖的黄色火箭船从他们九点钟方向飞来,越来越近!

"看起来像那个神秘的飞船!"巴德大喊,"是撞上空间辐条的那个!"

汤姆惊奇地注视着这个奇怪的飞船。他拿出一副电子望远镜想看得更清楚,这时,船尾冒出一股微弱的火焰。

燃烧般的一条火焰翻滚着变成一团发光的火球,像一个流星,速度越来越快,冲向极地之光接闪器!

第十五章　追赶火箭

"不会吧，又来！"巴德喘了一口气。

"低下身体！"汤姆大喊。男孩们匆忙跑进飞行舱。汤姆操纵了控制台，让接闪器疾驰而上。

但是火球也从原轨迹转变方向，紧紧跟着他们的飞船！

"它在追踪我们！"巴德喘了口气。

汤姆开始让飞船自行运动，突然降下去，又突然冲上来。但都没有用。奇怪的东西模仿接闪器的每个动作，还是紧追不舍！这时，这个飞机舱都闪耀着和庞大火球一样橘红色的光。男孩们给眼睛戴上了防护。

"我们怎么办，船长？"巴德紧张地问。

"只有一个办法有希望！"汤姆咬牙切齿。他坐在飞行员座椅上，滑到接闪器一模一样的控制台边。"我要看看我们的静电场对它有什么影响！"他的手指熟练地掠过表盘上闪光的旋钮和开关。

发光的火球突然分裂时，男孩们都屏住了呼吸！火球似乎就在他们的眼前爆炸，四处崩裂数不清的火星和碎片。

"你做到了，汤姆！"巴德嘶哑地叫起来。

崩裂的火球照亮了天空，不一会儿，碎片熄灭，在太空的黑色中燃尽，火球也消失了。

他们很激动，没有时间注意敌人的火箭船。但是雷达显示屏上一个移动的光点表明它正在潜逃。

"我要追上去！"汤姆冷冷地说。

不一会儿，这个黄色的侵入者就远得赶不上了。汤姆又打开接闪器，瞄准他们的敌人。

刚开始没有任何效果。后来，两个飞船的距离越来越近。

"你减速了！"巴德大声说。

电子直升机对火箭的前进运动产生效果后，距离拉得越来越近。好像飞船顶着巨大的太空风力。极地之光接闪器开始追捕他的猎物。

飞行员加大引擎，突然飞船喷射出一阵炽热的废气火焰。飞船好像向前跳跃了起来，也摆脱了接闪器的无形场。

巴德怒气冲冲："我们就快追上了！"

"我们继续就能追得上。"汤姆回应他，"飞船再像那样喷射着加速几次，可能就会将燃料烧光。"

"好吧。就这么办！"

汤姆弓身在控制台上时，皱起眉毛，深思着："我们可能会惹祸。巴德，我们连飞船属于哪个国家都不知道。如果我们

第十五章 追赶火箭

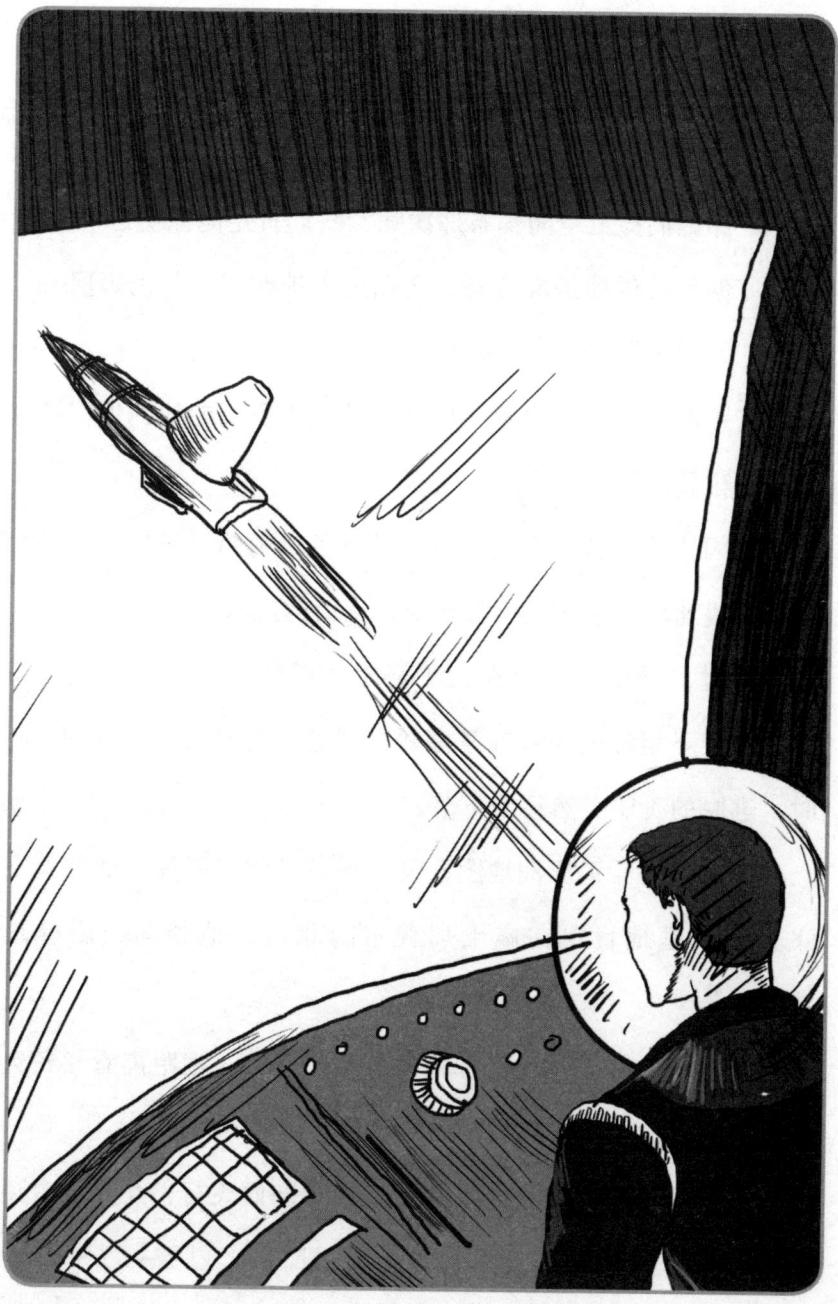

把它攻毁,飞船的所属国会称这是宣战行为。"

"它鬼鬼祟祟,先向我们开火的。"巴德吼道。

"到时候两方各持己见。"

"那他们撞上空间辐条那次呢?我们肯定能证明这个!"

"他们会说那是次意外,飞船失去控制了。"汤姆回答。

"好吧。那我们怎么办?"

"跟着它。"汤姆做了决定,"至少我们能找到他们秘密基地的位置。"

接闪器漫游者一直追踪着这架黄色火箭船。汤姆两次用接闪器减慢速度,迫使飞行员燃烧掉火箭的燃料。

这时,两个火箭船在太平洋上方弧线飞行。敌机迅速下降,两架飞船都因为空气摩擦发出红光。男孩们看到亚洲大陆时,逃脱的飞船突然猛地下落。

汤姆匆匆看了亚洲地图,又看到黄色的飞船像箭似的朝下飞去:"基地肯定在威士那普尔的北边。他朝向的山峰是法王。"

汤姆怕会有导弹攻击,就没有猛冲下去,近距离看秘密火箭大本营。但是他注意到自动导航仪上的经纬度。

男孩们都心事重重,继续围绕地球向西飞行,互相没有说多少话。一个小时左右后,他们飞过欧洲,巴德打了一个响

指:"啊,我忘了气象卫星了!希望我们追赶火球投手时没有落下它!"

汤姆打开电视屏幕:"没事。不会那么轻易就让这些磁性钩线跑的。"

接闪器漫游者最终在费林岛着陆时,机组人员和技术员都聚集在发射区,想看一看收回的卫星。汤姆和巴德收到大家的喝彩。

斯威夫特先生和他们亲切地握手:"干得好,男孩们!汤姆,我毫不怀疑你的发明也能收回火星上的火箭。"

"希望如此,爸爸。但是这个距离差了八千万千米呢。"

汤姆等待着爸爸岛上实验室接下来举行的任务报告会,他会把他们遇见敌机火箭船的事情做一个全面报告。

"我想说,你处理得很好,儿子。一步行动错误,就会引发严重的国际事端。我们最好立刻告知中央情报局。"

汤姆给首都打了一个电话。挂断之后,他转身看着爸爸。

"我们还有多久就可以收回火星上的火箭,爸爸?"

"这要看国家宇航局。"斯威夫特先生回答,"他们会评估这次试验,检查卫星,看看电场会对转调器和磁测数据有什么影响。可能得一周之后。"

汤姆激动地从椅子上蹦了起来:"运气好的话,我还有抽干死亡女神之湖的时间!"

第二天，回到斯威夫特公司后，巴德看到年轻的发明家在实验室努力工作。汤姆皱着眉头，看着一个泡泡状的紫色黏性物质钻出化学曲颈瓶和线圈做成的装置。

"疯狂的科学家。"巴德说道，"你在做什么？"

"做一个堵住湖水进口的阀门。"

"阀门？"巴德重复一遍，"我没有看到那堆黏东西里有什么硬东西。"

"不是个金属阀门。这是细小颗粒结合起来或者凝结起来成胶体的溶液。"

年轻的科学家看似很投入，巴德就没有再问，一脸不解地走出了实验室。傍晚他回来时，汤姆高兴地问候他。

这次，汤姆的工作台上放着的装置是由一个高的玻璃柱，开口部下方中间放着紫色阀门组成的。两根绝缘线通过柱体的玻璃壁连接着阀门。

"让我猜猜。"巴德说，"这就是你的阀门，是由紫色胶体做成的。"

汤姆笑了："对，但是它比果冻要硬，我取名叫'胶电体'。"

"好吧，那它是怎么运作的？"

汤姆往柱体里倒了些水。水迅速渗透了看似多孔的紫色物质。汤姆打开柱体底部的小活栓，放干了水后说："你看我这时在阀门注入水流会发生什么。"

他关闭开关，向柱体里倒了些水。这次，胶电体对水没有任何反应。没有一滴水渗透过去！

巴德惊奇地看着："哇，真厉害！怎么做到的？"

"电流极化了胶体物质，使得它阻止任何水分子渗入。"

巴德眼睛一眨一眨，咧着嘴笑了："太棒了！我听不懂，但是我当真了。"

汤姆解释说大量的胶电体可以被压缩进一个小钢槽或圆筒里以方便控制，随后从卡莉入口放出湖里的地下水。

周末之前两个男孩就已经做好了这次远行的准备，星期一一大早，他们和贾汉王子以及其他学生工程师乘坐蓝天女王起飞了。由于时区不同，他们几乎晚上六点才抵达威士那普尔的楚拉嘎机场。

"斯威夫特。"灯塔操作员用无线电广播道，"有个人等着见你。着陆后请到机场办公室。"

驾驶员和副驾驶员交换了下疑惑的目光。贾汉和其他人带着他们的行李下车时，汤姆和巴德赶往办公室。这里的机场经理曾在航空公司任职。

福斯在门口遇见他们说："先生，找你的人在里面。"

男孩们走进办公室，看到一个身材魁梧、戴着毛皮帽子的人坐在角落的地板上睡得正香。经理捅捅他，把他叫醒，解释说："他是一个牦牛司机，今天上午跟车队来的。他说有一个重要消息只给汤姆·斯威夫特，别人免谈。"

牦牛司机站了起来，打了个哈欠，咧嘴笑笑，从他的棉衣里拿出一张叠着的纸。汤姆看完后给了巴德。便条是休·摩特雷克写的：

我有一些关于死亡女神毒湖的消息，你可能会感兴趣。楚拉嘎的无线电说你周一回来。到时候请给我打电话。

汤姆给了司机一笔丰厚的酬劳，与巴德匆匆回到蓝天女王。男孩们多次试图通过飞机广播联系摩特雷克，但没得到回应。

汤姆担心地皱起了眉头："我希望没出什么事，巴德！"

汤姆向贾汉说明情况的时候，王子立刻与他飞往商羯罗进行调查。他们与巴德一起在女王起飞。当他们到达荒无人烟的地方时，汤姆在旧废墟上方低空盘旋，但没有发现任何生命的迹象。

着陆后，心里一惊的三个年轻人开始在没落许久的文明碎片中四处搜索。他们发现了考古学家曾经扎营的地方，但他的帐篷和物资都消失了。

突然，巴德的脸变得苍白。他指着一堆石头："摩特雷克一定是遇到了什么可怕的事，汤姆！看那边！"

第十六章 湖中怪物

摩特雷克的收音机躺在石头堆里，碎到无法修复。

汤姆、巴德和贾汉王子跑过去检查。小便携式收发机被压成了一堆塑料、金属和电子零件。

"太可怕了！"贾汉用震惊的声音说，"他一定是遭到强盗了！"

"为什么强盗会弄碎一台值钱的收音机？"巴德反对道，"他们似乎带走了一切，包括摩特雷克。"

"也许这个人迷信，被扬声器的声音吓坏了。"贾汉猜测，"所以他们弄坏了它。"

汤姆非常严肃。"也许你说的对。"但他不相信贾汉的说法是正确的，"如果我们知道摩特雷克想告诉我什么，我们可能会得到这个秘密的一个线索。"

年轻的发明家回忆道，当拉克西得知考古学家来商羯罗时，他愤怒地爆发了。崩裂的废墟与间谍阴谋有秘密联系吗？也许摩特雷克无意中发现了这个秘密，并为此付出了生命的代价！

另一方面,摩特雷克信中提及了死亡女神之湖。他在正好可以告诉汤姆他知道的事的时候就消失了,这只是一个巧合吗?

"我们必须马上通知我叔叔。"贾汉说。

这时,黄昏开始降临在这个诡异的地方。三个年轻人颤抖着爬上飞行实验室,飞回了楚拉嘎。其他受训者已经去了宫殿。

晚餐时戈帕尔向汤姆保证,他会彻查失踪的A国人的下落。"我担心这是威士那普尔危险动乱的又一个迹象。"首席部长补充道。

"顺便说一下。"汤姆说,"我了解到拉克西被驱逐回了这个国家。"

"是的。"王子戈帕尔说,"目前为止,他还是固执,但是我们有方法保证他迟早会说话。"

第二天早上蓝天女王收到一条广播消息,通知汤姆,他的潜水直升机海洋猎犬正直奔死亡女神之湖。这架流线形直升机可以在空中和海里行驶。船中部装着一个可逆的轮子,由原子涡轮机驱动,使得它能够像直升机一样盘旋或潜入海沟最深处。汤姆故意不飞到威士那普尔,所以学生不会看到水上直升机的绝密水下装置。

汤姆、巴德和贾汉一行人一起乘坐女王起飞。在湖谷上方

俯冲时，巴德说："这个老式海洋猎犬太棒了！那个热岩石，亚弗，扔给我们。"

两个男孩和笨拙、亲切的公司飞行员快速握了下手。

"不知道你们有没有见过亚弗·汉森。"汤姆说道，同时给受训者们介绍他，"他是我们的机械工厂里负责把设计图变成飞行模型的大师。亚弗，你把那些胶电体缸带来了吗？"

"当然带来了，船长。还有海底光谱选择器。都在水上直升机里。"

迎接男孩们的是辛普森医生，公司里的年轻医生。乔矮胖的身躯笑着向前挤："另外，我去这里把湖里的毒鱼做成饭菜，头儿！"

汤姆咯咯地笑了："我敢打赌你肯定也能做到！"

年轻的发明家决定让贾汉王子和他以及巴德一起坐着海洋猎犬潜水，而其他学生去岸上观察。他下令在海岸装上有扬声器的声呐电话，以便眺望者能够听到下面发生的事，也能提问。

汤姆控制好齿轮，向学生概述了他的行动计划。他解释了他和巴德如何离开海上直升机、戴着电子水底呼吸装置、装好胶电体的气缸的。

"但是，斯威夫特先生，你不怕水有毒吗？"迪林焦急地问。

"我们的装置会保护我们的。"汤姆答道，"水底呼吸装置的齿轮制造我们所需的氧气，我们也会被塑料包裹起来。"

这时海洋猎犬启动了，在那个可以致命的湖上徘徊。亚弗轻轻把飞船放下来。然后他向前松控制轮，水上直升机开始快速下降，每个人都透过大石英窗格盯着它。

"伙计，这水真的很浑浊。"亚弗嘟囔着，"我最好打开我们的光束。"

到处可以看到含有毒素的植物，叶片和卷须摆动着。再下降15米，植物长势如此之快让汤姆吓到了。

"最好不要往下了，亚弗，不然可能会损坏我们的轮子。停在这里，巴德和我带着装备再往下走。"

他们背上黑色塑料制的配有鱼雷状齿轮驱动飞机和天线罩的水底呼吸装备。每个男孩腋下夹着一箱胶电体，通过飞船的气闸开始出去。

"所有设备带齐了吗，密友？"汤姆用声呐电话问。

"对的，钓鱼的男孩！"巴德咯咯地笑了，"这就像潜入了菠菜的海洋！"

他们控制好密度，开始下行，在杂草中摸索前进。他们的衣服发出圆锥形状的黄光，穿透了晦暗的水。

"我们在这下面的一个灌木丛里。"汤姆向岸上的学生报告，"除了植物生长，没有鱼或任何其他水下生物的迹象。湖入口应该在我们正下方。"

过了一会儿，他接着说："是的，我想我现在看到了一个更大的开口。看起来像一个直径10米左右的垂直通道,向下穿过基岩。"

声呐电话中巴德的声音骤减:"汤姆!那儿!看!"

汤姆转过头。通过浑水能够辨别出一个怪异的形状:"天呐!那是湖怪!"

海洋猎犬和岸上的学生们都通过声呐电话发出了一连串激动人心的疑问。

"看不太清楚。"汤姆慢慢地报道,"四肢,我看……是的……好像是鳞片状……两只又大又圆的眼睛……似乎并没有攻击性,幸运的是我们中间长着相当数量的灌木丛,要是……要是……"

汤姆的声音变小了。他的头正在旋转。一阵恶心泛上来。

"船长!你还好吗?"亚弗喊着。

"是的,我很好。不过,感觉有点恶心。水中的毒肯定渗透到我们的氧气系统了!"突然他全身抽搐,"巴德!"

汤姆正说着就抽搐起来,一只手伸向他的同伴。

"不……不用担心……我没事,"巴德回应道,"但是哎哟!我感觉头……头昏眼花的!"

"我立马下去找你!"亚弗电话里说。

"不用了。我认为,我们能做到。"

轻摇着密度控制器,男孩用手拨开周围的水草慢慢浮了上去。很快他们看到了水上直升机。气闸盖子打开后，他们进去了，很快就有人急忙帮助男孩们进去舱里。

"谢天谢地！"巴德低声说。汤姆也道："谢谢。"

辛普森医生立即负起责任，检查并治疗了汤姆和巴德，并命两个人去休息。

幸运的是只有微量的毒渗入他们的水底呼吸装置，汤姆和巴德除了些短暂反应，都无大碍。一小时后他们第二次试图去堵上湖水入口。

"这次我们将使用胖人装置。"汤姆说。

这种类型的潜水装置有一个由陀螺固定的巨大钢蛋、石英玻璃窗、机械手臂和支柱。操作员坐在里面，通过电子控制台操作胖人的四肢。在建造海底喷射机时汤姆已经发明了巧妙的深海逃脱齿轮。

胖人装置有设计精良的氧气供应和净化系统。厚厚的钢壳会保护他们免受湖怪攻击。汤姆还添加了一个额外的防毒安全装置——特殊的过滤器。

这次，两个年轻的潜水员从岸上开始。短胖短胖的钢蛋摇摇摆摆地进水时，威士那普尔学生笑着鼓掌。每个机械手臂带有一个胶电体罐和其他锋利的刀具以免被在水下增长的植物缠住。汤姆的胖人装置也带了两根绝缘电线，与海滩上的设备连接。

汤姆继续通过声呐电话的扬声器记录运行数据。二十分钟

第十六章 湖中怪物

后他说:"我们又到了湖水入口……巴德,在入口下方边缘植入你的罐子。水雷能进入……好,打开罐阀……现在材料正在起泡,入口通道填满了紫色的凝胶。几分钟内它会被固定并变硬。同时,我会插入这些管子。"

完成后,男孩们立起身。贾汉问他们是否又瞥见了怪物。

"没看见。"汤姆回答。

汤姆和巴德再次回到陆地,扭动着脱掉衣服,汤姆把管子接上电池一极。

"试试用无线电呼叫漫游者接闪器。"他对亚弗·汉森说。亚弗登上海洋猎犬后进行了呼叫,同时汇报说打捞船将在一个小时左右到达。

汤姆和巴德简单吃了顿午饭,不安地等待着。最后发现飞船往湖这边飞来。它着陆后,汉克·斯特林从里面爬了出来。

"船长,怎么样了?"他问道。

"目前来看,情况很好。我们全部准备就绪后就把湖蒸干!"

第十七章 湖底之谜

在汤姆的控制下，漫游者接闪器急剧攀升，往斥力装置里添加能量。地面上的人变成小点，死亡女神之湖缩小成一个深绿色的池塘。法王以及它的冰圈，一直向北延伸。

"机长，我们需要飞到多高？"巴德问道。

"与太阳保持较好角度的高度就行。"汤姆回答，"这个高度应该可以了。"他一会儿后又补充一些指令。

设置好控制台，汤姆开始观察，巴德随后。往上，汤姆观察了太阳的高度，测量了湖的方位，然后把信息输入接闪器的终端计算机。

汤姆的手指在电子操纵台上来回移动，调节刻度盘时，打开了开关并转换了电压。

此时，船上的大水晶球体发出蓝红色。汤姆调至红外频率。一个巨大的弧形电场开始将太阳能热辐射射向湖泊。

"好了。"汤姆紧张地低声说，"现在打开电子望远镜。"

几分钟后，可以看到湖表面出现一缕缕蒸汽。男孩们着迷

第十七章 湖底之谜

地凝视着。细小蒸汽变成大面积的喷射蒸汽,把湖煮成了烧开的锅。一小时后,峡谷几乎被那滚滚蒸汽云淹没了。

"水平面至少降低了三米。"亚弗发来无线电,"伙计,多么奇妙的景象!"一小时一小时地过去了,湖水在强烈的辐射下继续沸腾着。随着太阳落下,汤姆改变了几次船位。下午晚些时候,亚弗报道称,已经蒸干了三分之二的水。

汤姆瞄准斥力装置,以增加高度,巴德问道:"日落时我们能完成吗?"

"当然。我们要尽可能往远了去,以保持太阳光聚焦。"

蒸汽云开始逐渐变薄,最后亚弗无线电报道,湖已经干了。这两个男孩欢欣地降下来,在海岸附近着陆。学生工程师们一片欢呼。

"太壮观了!"贾汉对汤姆说,"这是我国有史以来最伟大的科学成就!"

"谢谢,但是工作还没结束。"汤姆微微咧嘴一笑,和巴德大步走到岸边,查看他们的工作结果。

日光渐暗,但男孩们仍能看见他们令人窒息的成果。整个湖底都露出来了。随着水被蒸发掉,杂草、有毒植物都向下沉没。一层层纠缠的东西覆盖了巨大的盆地,从岩石海岸一直倾斜着延伸到入口。

"哇!这有好多黏性物质!"巴德嘟囔着,"你能清理掉吗?"

"可能需要一些时间，但我还需要点东西。"

"你要用什么？"

"乔称为'有机物机'的东西。"

有机物清除机，简称"有机物机"，是汤姆的海底光谱过滤器。年轻的发明家设计这台机器，是为除去黄金海底城的藤壶和黏液。黄金海底城是他在大西洋海岸附近巡航时发现的。

"湖最北端附近出现了什么有趣的东西。"汉克·斯特林说。

"看起来像个水下不明物。"

汤姆顺着汉克所指的地方看去。好多条高耸、崎岖的山路从北斜坡底部向上凸起延伸。但盖在它们上面的植物生长得太厚实，以至于看不清下面是什么东西。

汤姆专注地凝视着奇怪的现象。"让我用用你的望远镜，亚弗。"他说，声音里带着抑制不住的兴奋。

汤姆带着望远镜研究了会儿，一阵难以控制的兴奋涌上来。

"那里有什么？"巴德疑惑地问道，同时拿双筒望远镜看去，"湖怪的巢穴？"

"我有一个更大胆的预感，巴德！"汤姆喊道，"'有机物机'已经装上了吗，亚弗？"

"当然都组装好了。但是你不会现在就开始解决问题吧？

第十七章 湖底之谜

再过十五分钟，天就黑了。"

"我们可以在照明灯下工作。"

"现在听我说，头儿，我快备好了食物。"乔破门而入。

汤姆笑着拍了拍厨师的肩膀："好吧，老前辈，我们安装照明灯时请把食物摆在外面，我们会很快回来的。"

汤姆的激情感染了其他人，每个人都帮忙立起一排沿着湖岸的照明灯，直射对面神秘的不明物。他们登上蓝天女王后匆忙吃了点饭。

乔怒气冲冲："可惜了我的饼干，如果你像土狼一样把它吃下去，这真是浪费！"

男孩笑着匆匆往外走。他们爬上海底光谱过滤器，带着安装在拖机履带上的操作台。前面是带着加农炮状管子的控制基座。一个真空软管悬挂在头顶。通过软管裂化产生的气体从尾部进入缸内。

汤姆把引擎扔进齿轮，选择器顺着岸边安装照明灯的地方隆隆地滚去。白光映照在湖床上。

辛普森医生穿过围观的学生和技术人员。"你们在这儿！快戴上氧气面罩。"他告诉男孩们，"那些有毒黏性物质产生的空气可能令人难以呼吸。"

汤姆和巴德戴上氧气装备，开始走向湖床。沉重的拖车挨着地面在厚实、泥泞的植物生长形成的毯子上前进。汤姆沿着光束前进，直到靠近不明物，然后推动机器进入斜坡上的工作位置。

"伙计！杂草下那个东西，不管是什么东西，反正很大！"巴德拿掉面具说，"这些不明物顶部离它表面至少有六米。"

汤姆打开电源，瞄准顶部的一块。随着缠着的东西增多，机器的嗡嗡声逐渐减弱，就像魔法一样。突然巴德摘掉面具。

"我的天啊！那是个建筑物！"

汤姆点点头，眼睛闪烁着兴奋的光芒。他的预感，伴随着黄金城的有关记忆，已被证明是正确的！

随着越来越多的墙面进入了视野，男孩们被它的厚实惊讶到了。那是闪闪发光的白色雪花石膏，镶嵌着蓝色天青石和红玛瑙，雕有奇特的神和恶魔形象。汤姆关闭了有机物清除机。

"这下面肯定有一个完整的宫殿和寺庙！"巴德喊道。

"没错。"汤姆同意着，"这个地方肯定是几百年前地下河穿过隧道通道进山谷时，被洪水吞没的。巴德，这就是消失的威士那普尔文明，如果我没猜错的话！"

"但我认为商羯罗是……"巴德停了下来，"哦！你的意思是这个地方和商羯罗是同一个文明吗？"

"墙上雕刻看起来相似，尽管商羯罗剩下的似乎并不像它丰富。"汤姆说，"商羯罗可能是后来建的……废墟里可能有描述此地的铭文。如果摩特雷克破译了，那可能就是他想告诉我的。"

第十七章 湖底之谜

"哇！我敢打赌你说得对！"巴德叫着。"而且可能有人想阻止他。"

"等等！"汤姆把头歪向一边，"你听到什么声音了吗？"

巴德听了一会儿："我听到了。"

微弱的隆隆声越来越大。

"天呐！我怀疑进口插头是不是发生了什么事。"汤姆转向岸上观察者，大声叫道，"把灯照向湖心！"

人们立马采取行动。汤姆毫不迟疑地打开拖车发动机，开始转动海底光谱过滤器朝着湖床中心斜向下方开去。机器工作灯刺向前方黑暗处。

"船长，你打算干什么？"巴德问道。

"从胶电体松下来的这团杂草可能缠住了线。"汤姆答道，"如果我们不赶快接上它们，整个湖泊盆地可能再次发洪水！"

拖车隆隆前进时，两个男孩都很紧张。"希望我们能够看得再远一点。"巴德说，"看起来不像渗了很多水，但是……"

随着台面突然向前倾斜，他停了下来。不一会儿整个机器推向了杂草。男孩们能感觉到机器在脚下沉没！

"我们沉降了！"汤姆喊道，"这些植物肯定在水中漂浮起来了！"

他的最后一句话被不断上涨的洪水淹没了。男孩们在远离海岸处，有毒植物生长交错缠绕的地方挣扎着！

汤姆·斯威夫特和极地之光接闪器

第十八章　潜藏巢穴

"带上你的氧气面罩，巴德！"汤姆喊道。在致命的水可以进入他的嘴或鼻孔前，他急忙地调整着自己的面具。

不一会儿耀眼的照明灯照向湖心。汤姆看到巴德在泥沼中绝望地挣扎着。

尽管这两个孩子可以在开放水域里像海豹一样游泳，这种能力也没给他们多少帮助，直到湖面上升。此时此刻，他们必须在更像流沙一样的一锅炖的植物里努力漂浮着。

杂草像一张网纠缠着他们的四肢。汤姆摆动着左右胳膊，踢着腿以免下沉，但每个动作都增加了他的无助感。他两次看到巴德头下去，然后一会儿又出现，巴德的脸已因惊慌而扭曲。

汤姆忽然听到海洋猎犬轮子隆隆的转动声。一束光从天空打向湖面，带着两盏红色和一盏绿色的灯。接着可以透过黑暗看到飞船的轮廓。

"谢天谢地！"汤姆低声说。

随着救援临近，男孩们获得新的动力挣扎着维持漂浮状态。很快梯子就从海洋猎犬上放了下来。汤姆示意巴德先走，然后跟着他爬上摇曳的梯子。

"谢谢，朋友！"两双手把他拉上船时巴德的牙齿在打战。

汤姆随着上来。他看到乔和贾汉王子模糊的脸，一波又一波的疲惫感几乎征服了这个年轻的发明家。

"要是我的浮带在就好了，你们游泳的地方挑得大错特错。"乔咯咯笑着。

辛普森医生用毯子包住汤姆和巴德，而乔忙着去做热可可。医生检查男孩们的身体状况时，贾汉在旁边来回走动。汉克·斯特林从控制台焦急地看过来："他们没事吧？"

"他们还好，但有点眩晕。"医生说。

汤姆沮丧地说："我想我把有机物机放在那个地方太疯狂了，我是希望可以在还不是太晚的时候弄好插头的。"

汤姆毁了他们的工作，内心感到悲痛。整个湖应该被再次抽干的，打捞海底光谱过滤器本身就是一项艰苦的工作。

巴德努力想让他们振奋起来："我们发现的消失的文明弥补了很多。我敢打赌，那些建筑满是宝贝！"

贾汉和医生听到令人震惊的发现，激动地睁圆了眼睛。突然汉克喊道："船长！看呐！"

汤姆冲到飞行员的窗口，其他人紧随其后。汉克指了指左

边。借着照明灯光束边缘人们可以看出一个闪动的金属图形，一直穿过杂草丛生的湖床斜坡指向西北海岸。

"我在附近巡航的时候发现了它！"汉克说。他向下放好太空船，转动打捞杆。这个生物沿着字形路线乱窜，但是汉克在海洋猎犬黄色的灯光下把它卡住了。

"是湖怪！"巴德深吸了一口气。

满身鳞片的东西抬头看了一会儿，海洋直升机里的观察者捕捉到了两只又圆又亮的眼睛反射出来的光。接着它们向前冲去，四肢着地。

汤姆转向刚端来几杯热可可的矮胖厨师："快给我拿些干的粗布工作服，乔！"

"我也要！"巴德喊道。

厨师匆忙动身，几分钟后便带着从供给储物柜拿来的衣服、袜子、帆布鞋回来了。男孩们已经扯下毛毯，脱掉了他们的湿衣服。

与此同时，汉克俯冲得更低了。正在逃离的生物现在离海洋猎犬几乎一百米远。船桨在接近海岸的岩石表面上弄出一个洞穴样的孔。怪物爬向那个洞。就在生物逃进洞穴时，汉克的喊叫引起了汤姆的注意。

"在岸边停靠！"汤姆命令道。汉克照做，他穿戴完毕，喝了一大口可可。

"你想做什么，头儿？"乔问道。

"跟着那个所谓的怪物。"

"你疯了吗?"医生破门而入,目瞪口呆,"那东西大到足以杀死人!"

"我认为那是个人。"汤姆说。其他人惊讶地喘着气,他接着说,"它移动的方式非常像人类,而且外皮可能是潜水服。我有种预感,这个怪物毁坏了湖栓!"

"如果你是对的,船长,这家伙可能是个疯子,是个杀手。"汉克指出。

"对,这就是我要只身前往的原因。"

"先等等,头儿!"乔插嘴,"看看我的炖锅,你哪也去不了,如果没有……"

"听我的,乔。"汤姆平静地说。

"我不许你单独追那个东西!"贾汉大叫道,"作为王室王子……"

汤姆举起一只手。"我是这次行动的船长,所以请不要反对了。"他缓和了语气笑着说,"保证您的安全是斯威夫特公司的职责。"

"好了。我们走吧。"巴德说。

汤姆戳了一下他肋骨,做了一个勇士式的动作:"好的,飞人,你跟着。其他人留在这里。"

汉克知道再争论也无用。他递过来一个小型便携式斥力装置:"至少把这个带着,船长。如果湖怪发起攻击,你可以用

第十八章 潜藏巢穴

排杆卡住它。"

"好主意。我有一种预感，这可能是个很长的通道。给我们一个小时。如果我们那时没回来，你就接手工作。"

"听命！"

和大家紧张地握完手，两个男孩武装好自己，带着强光手电筒从海洋直升机里爬出来。他们沿着海岸下来，进了洞。

"好吧，这的确是个隧道。"巴德低声说，向前瞄准他的横梁。潮湿的土墙通道倾斜向上，前方一片漆黑。

起初，男孩们被迫单独通过，但随后隧道逐渐变宽。汤姆照着一片潮湿的痕迹。那是蹼和类似爪子留下的痕迹。

"这和之前见到的印迹一样吗？"他问。

巴德低声吹了下口哨："我见过！琼认为那些雪地里的痕迹是一个雪人留下的。"

不一会儿，隧道突然扩大成一个大空间。男孩们停止下来，他们的脉搏快速跳动，绷紧了每一根神经。他们用杆子对准洞穴。

"看！"汤姆突然喘口气说。他的强手电筒光停留在一个长满鳞片的躯体上，它一动不动地在地板上侧躺着。

"就是那个怪物！"巴德喊道，"他怎么了？"汤姆准备他的斥力装置，男孩往前跑去。

"别动！"一个声音咆哮道。接着他们身后闪过一道光。男孩们呆住了，他们突然听到嘘的一声，看到一股浓烟从旁边的石墙冒出。坚硬的岩石上被钻出一个洞！

"你们看到了我的射线装置能做到什么，所以不要逼我把你们烧光！"那个声音继续着，"放下斥力装置，斯威夫特！"

汤姆照着做了，他愤怒得咬牙切齿。他和巴德交换了目光，怒气冲冲。他们都听出了这是拉克西的声音！也意识到了"怪物"只是个诱饵。

这时那怪异的东西用两条腿站起来。男孩们发现它那又大又圆的眼睛是一种特殊潜水头盔的玻璃镜片，透过镜片，两只人类的眼睛恶狠狠地盯着他们。他脱掉了游泳的鳍，然后拿掉了头盔。这类似潜水服的东西，好像是一些重量轻但质地特别强的塑料。

"戈帕尔王子！"巴德喊了出来。

这个首席部长的胡髭下的嘴唇咧出一个嘲讽的笑容："你们并不希望看到一个真正的怪物，我相信。设计这个潜水齿轮只是为了吓唬迷信的山民。他们的恐惧让我摆脱了刺探者，直到汤姆·斯威夫特和他愚蠢的项目出现。"

"湖底那些无价的遗址也暴露了。"汤姆冷冷地说道，"我想你已经抢劫了那些的珍宝，而且没有禀告王公。"

"是的，它们以极其高昂的价格卖到威士那普尔以外。"戈帕尔承认了，"还有你，我的朋友，不要破坏我的游戏！"

巴德的眼睛闪着光："所以就是你制造了死亡女神画像——

为了吓跑我们。"

首席部长点了点头:"而且我的人煽动暴徒来进一步警告你们。"

"猎虎发生的事仅仅是为了震慑我们。"汤姆咬牙切齿道。

戈帕尔王子咯咯地笑了:"完全正确。在你安装前,拉克西松了你的象轿绳子,随后他烧了那些鹅毛笔。然而您还是坚持您的项目。所以我不得不采取其他措施。"

"就像今晚破坏湖栓吗?"

"是。明智的行为,不是吗?它虽然没能毁灭你,但是它摧毁了你的工作,让你进了我的陷阱。"戈帕尔眯着眼睛,"看到我,你不惊讶吗?"

"不是很惊讶,因为拉克西证明了他能驾驶直升机,在威士那普尔里,你拥有唯一一架直升机。"

戈帕尔瞪着他的追随者:"你这个傻瓜,拉克西!难怪你会被抓。"

"你雇我去偷斯威夫特的科学机密。"拉克西嘟哝道,"我怎么知道那些蓝图是陷阱?"

汤姆换了个随意的姿势:"顺便问一下,死亡女神别针与你的间谍装置是连着的吗?"

"那是我代理人的荣誉。幸亏拉克西动作迅速,雇人偷回了给你妹妹的别针。但我还是不得不采取措施,防止你有所察觉。"

"包括在贸易公司假装逮捕你的人吗？"汤姆被刺激到了。

戈帕尔的脸僵住了："你很快就会对我们的组织了解更多，如果你能活得久些！"

首席部长迅速换上其他衣服。然后拉克西把他们蒙住了，汤姆和巴德被押出洞穴，往隧道更深处走去。这条路倾斜向上，汤姆猜测是通往山上的。

最后，他们出现在一个月光峡谷，戈帕尔的直升机正在那等着。男孩们的手腕被绑着，然后两人赶着登上机。戈帕尔起飞了，他穿过白雪皑皑的峭壁向北飞去，最后在高耸的山峰边缘，幽深的峡谷上方盘旋。汤姆瞪大了眼。

下面是敌人的秘密火箭基地！

第十九章　火箭栖息

着陆灯亮了,打开直升机的通道,露出了基地设施。汤姆辨认出了昏暗的井架,一排排直立的导弹、油箱、堡垒,以及高柱子天线。

直升机下降后,巴德喘了口气说:"这有我们追逐的火箭船!"

黄色的太空船躺在垫子上,针尖似的鼻子冲向天空。

"谁会怀疑雪山下耸立着这样一个基地呢?"戈帕尔咯咯地笑了,"唯一的路就是从北边通过。"

全副武装的警卫在机场碰见组织,并把他们押送到混凝土建筑里。在里面一个小办公室里,一个魁梧的男人从他的办公桌旁站起身。

"哦,戈帕尔王子!"他瞥了下汤姆和巴德,"你给我们带来了两个有意思的访客。"

"布朗上校,这就是汤姆·斯威夫特。"

布朗的眼睛瞪大了:"战利品,真的!我们共同努力的奖励!"

"我们是A国公民,你没有权利把我们挟持到这里!"汤姆瞥了瞥这个部长,"你代表哪个国家?"

"这并不重要。"布朗表示,"因为你无论如何都不会再回去了。"

"你这里的基地是非法的。"汤姆坚持,"这是威士那普尔的领土。"

"请改过来。虽然威士那普尔是这么宣称的,但是这里是属于我们国家的。"

"你意思是要进行独裁统治!"巴德哼了一声。

上校温和地笑了笑:"无论如何,在我们的盟友——戈帕尔王子登上威士那普尔的宝座后,这个问题很快就会解决。"

男孩们吓了一跳。汤姆转向戈帕尔:"所以这就是你想要陷害贾汉王子的原因!"

"如果他被判罪,那我的路途上就少了一个障碍。"首席部长承认,"我希望和平接管。如果不……作为最后手段,可以启动导弹袭击威士那普尔。"

他无情的话让男孩们感觉一阵寒意。看着他们的脸,布朗咧嘴笑了。

"戈帕尔王子和我们政府有着最有意义的伙伴关系。我们帮他出售湖里的珍宝。作为回报,他向我们提供斯威夫特公司的科学数据来加强我们作战的导弹力量。"

汤姆和巴德沮丧地看看对方时,戈帕尔说:"那么现在,

第十九章 火箭栖息

上校,拉克西和我必须返回。我相信你会善待你的客人。"

"他们是在寻找武器吗?"布朗问。

"斯威夫特家族不赞成携带武器,上校。"拉克西取笑地回答,"我们的年轻天才带着一个小斧力,但我给拿走了。"

"太好了。那么这时就可以把绳子从你的手腕上解掉了。"布朗告诉汤姆。

在离开之前,戈帕尔与官员低声交谈着。两人都咯咯地笑了。首席部长和拉克西离开后,布朗上校带着汤姆和巴德游览了导弹基地。他吹嘘他是拥有火药知识的技术专家,他还开发出了一种强大的新火箭燃料。

"然而不幸的是,我们大部分的空间技术仍处于一个相当粗糙的阶段。"上校承认。他指着黄色的火箭船,"这个太空船有你们的航天员未知的特性。然而,其控制系统和指导齿轮还需要进一步改良。"

"这就是它会撞上我们空间站的原因?"汤姆冷淡地问。

"是的。最令人遗憾的是它的操舵装置和缺乏经验的船员都出了毛病。"布朗恶意地假笑了下,"但是,我们计划加速发展通过。怎么说呢?从其他国家的卫星借来设备和技术秘密。"

汤姆喘了口气说:"所以你偷了从轨道上消失的A国卫星!"

"完全正确。"布朗洋洋得意。

他带着男孩们到了一个大木房子，里面放着闪亮的伊欧诺斯II，部分已拆开。"这就是我们从天空拉来的火箭飞船，这次没有失败。"

男孩们愤怒了。"火球是怎样攻击我的新船的？"汤姆问。

"你的空间检索设备对我们的计划构成了威胁。"布朗上校解释说，"尤其是在我们打算捕捉火星火箭时。既然我们抓到了你，如果你把你的技能投入到我们的工作，你将会得到不错的回报。"

汤姆反驳道："不可能。"

布朗上校冷冷地笑了："我的政府拥有最有效的洗脑技术。"

布朗转向跟在他们后面的警卫，低声地发出命令。警卫敬了礼，用他们的步枪顶着男孩们走向小碉堡。在这儿，汤姆和巴德的手腕被解开，他们被推到里面。

关上门，男孩看了看光秃秃的小房间，接着开始一阵惊喜。一个男人突然从床上坐起来。

"摩特雷克！"巴德深吸一口气。考古学家面容憔悴，胡子拉碴。在听到男孩的故事后，他讲述了自己在商羯罗被戈帕尔和拉克西抓获并空运到这个秘密导弹基地的事情。

第十九章 火箭栖息

"我是要去威士那普尔的。"摩特雷克解释说,"因为古文明艺术品已经在世界市场上出现了。我希望跟踪它们的来源。之后,在商羯罗我破译了一个讲述湖底城的铭文。这就是我想要报告给你的信息,汤姆。"

"这也解释了为什么戈帕尔要绑架你。"年轻的发明家接过话说。汤姆突然听到一阵嗡嗡声,从他的工装裤口袋里拿出铅笔收音机。

"什么!"巴德喊道,"你一直把它带在身上。"

汤姆咧嘴一笑:"幸好我换衣服时悄悄把它放在口袋里了。"

调大音量,听到收音机发出声音:"亨利呼叫飞克西特先生!"

"这是汉克的声音!"巴德激动地说。

"飞克西特回答汉克。我们收到了。"汤姆回道。

"我在漫游者接闪器上,导弹基地上方。"工程师报告,"你在下面吗?"

"我们在这。你怎么找到我们的?"

汉克说他一直担心男孩们,所以等了一小会儿就来找他们了。听到直升机起飞时穿过通道发射的噪声,他和贾汉急忙穿过隧道。尽管他们对男孩被绑架感到不解,但汉克清楚汤姆发现了敌人的导弹基地。贾汉想到在他们飞行侦查时,蓝天女王就被攻击了。于是两人决定在漫游者上进行侦查。

"我用接闪器磁场找到了基地的雷达搜索脉冲并给他们设了一个陷阱,这样他们就不能探测到我们的反射信号。"

"好极了,汉克!"汤姆喊道。

"船长,我们下一步做什么?"

汤姆大脑快速转动。"我们被关在一个碉堡里。"他回答说,"我不知道怎样才能出去,但如果我们能出去的话,你会尝试来接我们吗?"

"只要说出时间地点就行!"

就在这时,钥匙插进门锁。汤姆和巴德突然来了灵感。在门打开前的一瞬间,副机长冲到门后。

进来一个哨兵,他抱着冲锋枪,黑黑的眼睛怀疑地扫视房间。巴德快如闪电,一脚把门关上,掐住了哨兵的脖子,快让哨兵窒息了,眼睛都鼓起来了。

汤姆一个跃起跳到哨兵身旁,从他手中夺走枪。巴德把哨兵扔到地板上,与此同时,汤姆和摩特雷克用床上用品把俘虏捆起来并堵住嘴巴。

"拿着他腰带上的手电筒,巴德!"

巴德照做了。然后他慢慢把门打开一道小缝,越开越大,小心翼翼地向外张望着。"我们运气不错!"副驾驶员报告,"没有看到其他守卫。"

汤姆和摩特雷克跟着巴德走出去,除了总部大楼北面有灯,基地一片黑暗和寂静。三人往反方向冲去。汤姆注意到雷

第十九章 火箭栖息

达天线稳固地放着，但没有任何哨兵的踪迹。

"他们肯定认为没有人可以进出这个地方，除了空气。"巴德喃喃自语。

很快他们便越过发射区和最后一个碉堡，汤姆睁大了眼睛看着前面的悬崖。月亮被乌云遮住了，只能隐约看见。大部分崖壁沿着峡谷直耸而上，但有一个地方似乎可以攀爬，六十米以上就是平坦的地方。

"我们试着从这上去！"汤姆说。

三个"逃犯"开始迅速攀爬。他们终于气喘吁吁地到达了平坦的地方。汤姆潜藏在平流层给漫游者接闪器发无线电。他们等待太空船降落的过程中，紧张的时刻随之消逝。最后巴德在微弱的月光下发现了太空船，它闪着灯发来信号。

汤姆焦躁不安："这有点太容易了，巴德。"

"你说得太对了，亲爱的斯威夫特！"这个A国人正激动地乱转时，接着听到戈帕尔的声音，"用你的射线装置干扰他们，拉克西！"

三个人无助又愤怒地盯着首席部长和他的随从从灌木丛里追出来。

戈帕尔咯咯地笑了："我们早想到你可能被追踪了，而且拉克西猜测斯威夫特可能带着袖珍收音机，所以我们监听了。我们在这里候着，在这个最有可能进行空中救援的地方，那个警卫是故意让自己被捕的。现在你们必须投降，否则你们所有人都会被杀死。"

汤姆做了一个绝望的决定。"汉克，灭了他们！"他冲着发射机大喊。

漫游者接闪器急速上升时，戈帕尔的脸愤怒地扭曲了。但瞬间之后，一排火焰从基地燃起！

紧接着，出现一个火球，朝着逃离的太空船飞驰！

汤姆和巴德看着，焦虑地喘不过气来。一点微光在天空中闪烁。

"汉克点着了接闪器！"巴德得意地尖叫。

火球像一颗爆炸的星球一般炸裂开来。燃烧的碎片像下雨般从天空落下。片刻之后，炫目的强光把这里照得像白天一样，一阵剧烈的爆炸声响彻整个山谷。

第十九章　火箭栖息

第二十章　星球奖赏

汉克和贾汉王子登上漫游者接闪器，恐惧得脸色苍白。

"发生了什么事？"贾汉喘息着。

"基地的火箭燃料罐爆炸了！"汉克回答道，"它们肯定是被火球的热碎片点燃的！"

"但汤姆、巴德还有摩特雷克……"

汉克非常害怕地摇了摇头。"我不知道。"他疯狂地对着麦克风，"漫游者接闪器呼叫汤姆！……汤姆！"

没有回应。安静得吓人，汉克向烧毁的火箭基地俯冲下来。

台面上躺着五个人。所有人都被剧烈爆炸的震荡震得趴着。第一个翻过身来的人身材瘦削，身穿粗布工作服。他昏沉沉地抬起头，盯着下面的山谷。

火毫不受阻地烧着，照亮了敌人基地的废墟。堡垒仍然完好无损，但是支架和导弹只剩下残骸。每一个木制建筑都被爆炸夷平了，火箭船已被炸成碎片。受到惊吓的人们四处奔跑散离。

第二十章 星球奖赏

"天呐！"汤姆跳起来，环顾四周。直到现在，其他人才恢复意识。汤姆抓起拉克西的射线武器，然后摇醒两位同伴。

"巴德！摩特雷克！醒过来！"

所谓的第六感让汤姆大脑飞转，正如拉克西想要传递给他的那样。"哦，不，你不要死！"一个燃烧着的火球带着阴谋者向后飞去。

汤姆把射线装置放到拉克西和戈帕尔身上。"你们两个！起来！"他们听从命令起来了，满眼恨意，汤姆继续说，"现在背过去。巴德，用那些准备给我们用的绳索把他们绑起来！"

"这会很有意思。"

不久，漫游者接闪器在平台上降落。汤姆和他的同伴赶着他们抓到的人上船，飞船飞进了夜空里。

"我真高兴那些偷偷劫机的人在伊欧诺斯II那里将一无所获。"巴德向下看着摧毁了的基地说到，"它肯定都被粉碎了。"

汤姆附和着："还有我直升机里的斥力装置。"

贾汉王子知晓了他叔叔的背叛，很是震惊和愤怒。"我父亲会严厉处置他和拉克西。"他告诉汤姆。

漫游者接闪器回到死亡女神之湖时，湖底已经被完全淹没了。黎明时，他们把被抓的人空运到楚拉嘎。王公克里希那严肃地听着汤姆的汇报，随后把戈帕尔和拉克西关进监狱，等候审判。

"对于这种在自己的边界上用导弹基地恐吓威士那普尔的背信弃义的行为，我们应该立马向联合国提出抗议。"他对和贾汉王子、巴德及汤姆等站在一起的A国人说。大胡子统治者继续冷冷说着，"在我看来，世界上原子力量是非常明确的，我们邻国没有第二次机会使世界陷入战争。"

在宫殿吃了顿比较晚的早餐后，汤姆的团队飞回死亡女神之湖。汤姆和巴德穿上胖人服，很快给胶电体塞子换上新电线。

接着男孩们乘坐漫游者接闪器起飞，去发送红外辐射。日落时，湖水不止一次被蒸干。第二天早上，海底光谱过滤器经修复重装恢复了工作，清除有毒植物的工作又开始了。

下午时分，亚弗·汉森给汤姆带来一条楚拉嘎收到的无线电消息。说拉克西交代得很清楚了，希望能从轻处罚。他承认他是为了间谍组织工作，并且在汤姆的实验室植入窃听器，还收买了苏萨克。但是很显然，他没有从斯威夫特公司收集到任何有用的信息。在穆可伊父子公司的雇员钱德拉已被警方逮捕，在威士那普尔，戈帕尔的特工队伍现在已经接手。

过滤器随着时间飞速运行着，净化湖泊的工作进展迅速。直到星期六早上，古建筑已经彻底清理，有毒植物也已从湖床很宽的一块区域移除。

第二十章 星球奖赏

很宽的一块区域移除。

中午王公克里希那携拉尼和他的大臣们抵达工作现场。他们在蓝天女王上吃了午饭，看了看汤姆的工作成果。王室一行人睁大了眼睛盯着雪花石膏寺庙和在日光照耀下熠熠生辉的宫殿。随后，他们参观了建筑，看到了里面的装饰和宝藏。

最后汤姆说道："我父亲发来无线电，火星火箭项目需要我回国。但是另一批工程师正赶往这里。湖床被清理干净后，他们会铺设管子，疏通隧道，到时山谷可以变成农田，这些建筑也不会被淹没了。"

"太好了！太好了！"国王说。

离开之前，他奖励了汤姆和巴德从失落之城得来的无价之宝。汤姆得到了一把镶嵌宝石的匕首，巴德的是一个用玉雕刻的小弓箭手雕像。

"你对威士那普尔贡献巨大，斯威夫特先生。"国王说，"对于你给我们带来的所有丰厚财富来说，这些只是一点心意。"

夜幕降临时男孩们驾驶着蓝天女王返航，星期一上午科学家和国家航天局的政府官员将在费林岛与汤姆和他父亲商讨事务。随后，汤姆和巴德乘漫游者接闪器急速飞上太空。

升到一万六千米高空，男孩们进入轨道，爬上观察圆顶。汤姆把数据输进终端计算机，开始在控制台上操纵开关和刻度盘。接闪器闪烁着蓝红色光，将其可见领域扩展到星际空间远方。

"我们现在只能做这些了，只要等待就好了。"汤姆说，"火星上的火箭飞回地球要四十天左右。"

两个年轻的宇航员回到费林，在接下来几周焦虑的等待里，汤姆和斯威夫特先生用照相空间探测器频繁地检查火箭推进系统，确保它正确地指向地面。最后汤姆和巴德向上飞到太空里去拦截太空中火星的航行者。闪闪发光的探头导弹像箭一样追踪接闪器。

在汤姆用斥力捕捉器放低他们的战利品的速度，并和漫游者接闪器拧紧时，巴德屏住呼吸看着他。紧接着，副驾驶发出胜利的疯狂呐喊。

"你成功了，朋友！干得好！"

汤姆激动得脸色发红，赶去电台把好消息报给在费林岛的父亲。

"完成任务了，爸爸！我们在回地球的路上！"

"好吧，你下一个伟大发明会是什么呢？"巴德在他密友签字时问道。

汤姆咧嘴一笑："我正酝酿着几个想法。"他已经思考着把这些无价的数据存入火箭设备磁盘里收集起来，并用它来推进人类掌管空间的可视化道路。但是来自汤姆实验室的下一个发明——"音波爆声捕捉器"——将带给他一个应对怪异和危

险声音的完全不同的探索。

巴德咯咯地笑了:"我想太空寻宝了。"

"我也是。"汤姆承认,"谁知道呢,或许哪天极地之光接闪器会带我们去一个新的星球探索呢!"